U0030465

第一次約炮就翻船，
小小祕書表示心好累……

希澄

第一章

對於裴聿睿來說，人生有三件惡事：

第一，名字中性，常被人誤認為是男性，每每對方發現這名字是女生後總是一臉不可言喻。

第二，回老家碰到那個跟她一起長大、嘴巴特別賤的青梅竹馬，性別女。

第三，在她鼓起半生勇氣，終於去約炮，卻約到了……自己的惡魔上司。

坐在熟悉的副駕駛座上，裴聿睿不禁覺得人間之惡不過如此。

「睿睿呀。」

那聲歡快的「睿睿」，徹底讓副駕駛座上的裴聿睿雞皮疙瘩全跑起來，那張平日沒什麼表情的臉有些驚恐，這讓駕駛座上掌控一切的女人愉快地揚起唇角。

女人的這一笑，讓裴聿睿更加悚然心驚。

裴聿睿手放在車門門把上，思考此刻開門跳車的可能性。

「妳要是現在開門，明天也不用進公司大門了。」

裴聿睿立刻將手乖乖地放到大腿上。

這發言讓裴聿睿深信，在駕駛座上正開往溫泉飯店的女人，是她的惡魔上司沒錯。

能這麼擊敗的也沒第二個了。

放棄跳車念頭的裴聿睿不禁想，這事情到底該從何說起？好像還是得從那萬惡的根源開始。

在沉悶無聊且只講利益的公司內，裴聿睿一點也不打算「內銷」，再者，她的情況有點兒……特殊。

「隔壁部門那個帥帥的小女生，肯定是『那個』吧？」

在茶水間內，一名年資頗深的主任抓著另一個部門的主任，以及路過的裴聿睿一同咬耳朵，壓低聲音又不掩興奮地繼續說：「就是，現在很多的『那個』吧！」

身為新世代女性，裴聿睿決定原諒口出過時言論的兩位主任，微抬眉梢，聽著另一名主任說道：「肯定是！上次我聽組員說人家好像有女朋友！」

兩個大嬸在那妳一言我一語，倒無惡意，只是八卦。又聽到主事的那位說：「那個小女生這麼帥，一看就知道肯定是！」

裴聿睿差點說出「難道大嬸妳連『同志』兩個字都不會念了是不是」？但在公司內總是緊閉嘴巴的裴聿睿忍了下來，只是淡淡地笑了笑。

真不好意思喔，我也是妳們口中的「那個」，裴聿睿想。

……不過好喔，現在駕駛座上也多了一個嘍。

當車駛進飯店停車場時，裴聿睿的心咯噔了下，臉色有點……微妙。雖因為工作需要她面上常無表情，不代表她面部肌肉有問題啊！

約炮約到惡魔上司，現在真的要進飯店，這是開什麼玩笑！

人人見她上司美豔絕色，求之不得，不代表那人人之中有她啊！

裴聿睿覺得人生絕望不過如此。

此刻她真希望惡魔上司的開車技術爛到家，不至於像這般立刻倒車入庫，一次停穩。

「下車。」惡魔上司自然地解開安全帶，欲下車，卻發現一旁的撲克臉祕書沒動作，那好看的眉微抬，迷人的丹鳳眼縱然不刻意也彷彿是在勾人。

「妳是要我幫妳解安全帶，還是脫妳衣服？」

「……」

小祕書立刻解開安全帶，開門下車。那雙丹鳳眼瞇了瞇，也跟著下了車，便見到撲克臉祕書手正捂著半邊臉。

脣角一勾，惡魔上司手搭在胸前，邊走向自己祕書邊道：「妳主動約人出來的勇氣去哪了？」

手放下，裴聿睿一臉厭世。

要是知道聊了三個月的網友是自己上司，就算跟天借膽她也不敢開口約——不！連聊天她也怕啊！

此時被一手勾住走向飯店大廳的裴聿睿在想，自己該先釐清哪一點？

是該思考那個代稱J的女人為什麼是惡魔上司，還是該先想為什麼上司要玩交友軟體？

或者該回到三個月前的夜晚，用枕頭把自己悶死？

裴聿睿一向自詡理性清晰的腦袋在這時一點用處也沒有，思緒如亂麻，全打結在一塊。

她瞥了一眼身旁上司，仍是一臉高冷、眼神不可一世，公司內部還有人戲稱她倆是大冰山跟小冰塊，有她們同在的辦公室壓根兒不需要冷氣。

過去聽到這番言論，裴聿睿一向一笑置之，然而現在她親身體會此感受，默默檢討自己平日真的太嚴苛，應該要圓滑一點。

才不會風水輪流轉，轉到了她與上司去開房。

大抵是她倆都穿著窄裙正裝，氣場十足，櫃檯人員非常客氣地詢問此行是否為商務出差？正當接待人員要循著SOP繼續說明飯店提供商務人士的設施時，惡魔上司一句話就讓裴聿睿想立刻轉頭回家。

「沒有，她要睡我。」

……？

「最怕空氣突然安靜」——這句歌詞肯定就是在描述這種狀況。

裴聿睿直接奪過櫃檯上的房卡獨自往電梯大步走去，暗下決定自己走出飯店後的第一件事情，就是要立刻改名換姓。

惡魔上司悠悠地跟了過來，還沒找到跳槽公司的裴聿睿沒膽直接關門夾上司。

然而，上司似乎看出她的心思，在電梯門關上後淡淡道：「妳可以改用雙腿夾我。」

夾三小啦！

裴聿睿不知道該從何吐槽起，憋著一口氣，道：「為什麼是我睡妳？」

按這套路是她被上吧！上司是受這種小說沒看過啦！

然而，上司不過是語氣平穩地回應：「妳自己說妳是攻的。」

「在我想像中我是上面那個啊！」

「想像中」是一個特別悅耳的詞。上司眼神瞟過去，眼裡有波瀾。

「想像中是……」

拉長的尾音有很多種意思，而聽在裴聿睿耳裡是嘲諷。

自覺理虧的小祕書氣呼呼地走出電梯，在找到房間刷卡進門時，回頭惡狠狠地說道：「我不能是第一次嗎！誰說要有性經驗才能約！莫名其妙！」

於是人稱大冰山的惡魔上司沒忍住地噗哧一笑，背抵著關上的門，紅唇微勾。

「那妳的第一次就是我的了。」

……我是不是說錯了什麼？

裴聿睿驚覺自己似乎說了非常不得了的話，不知道為何，總覺得上司的笑容……燦爛得非常可怕。

ღ

到底是哪步走錯了？

獨自躺在加大雙人床上的裴聿睿望著天花板，一邊聽著浴池傳來的水聲，心中毫無波瀾，如片死水。

好心累。

知道初炮對象是自己上司後，在這之前的所有期待與忐忑煙消雲散，窮途末路的她甚至在上司進浴池洗澡後拿起手機，打開匿名論壇，發了一則貼文。

求解：約炮約到自己上司，怎麼辦？

貼文一發出去，裴聿睿就把手機扔到一旁，雙手放在平坦的腹部上，看著天花板發呆。

等了會，裴聿睿拿起手機再次查看，險些把手機給扔出去。

「睡了她！」A網友說。

「上了她！」B網友說。

「吃了她！」C網友說。

……這三句的意思哪裡不一樣！裴聿睿就想吐槽一句，然而下面熱熱鬧鬧的，短短一則貼文霎時湧入數十則留言。

不具名的D網友說：「手指短的那個，負責腿張開就好。」

裴聿睿伸長手，張開五指，白皙修長、骨節分明的手遮掩白光，她想起上司那雙平日握著鋼珠筆的手，瞬間惱怒。

那人的手，要比自己更長一些，像是彈過鋼琴、吹過長笛的手。十指修長，特意保養過手指，每一指尖都修得圓滑乾淨。燈光照下時，甚至能見到指甲面的光澤。

認識的兩年來，裴聿睿也從未見過上司塗抹指甲油，那手，總是流利地在合約末端簽署名字，一遍又一遍……

她有一雙，過分好看的手。

……等等，我到底在想什麼？

裴聿睿甩甩頭，一個惱羞就刪除了D網友的留言，並為自己的行為下了非常完美的註解：「手指長度不重要！」

她的手指就是比上司短一些些，怎麼了！裴聿睿哼了兩聲，繼續往下滑其他網友們的留言，血壓瞬間飆升。

「齁，原PO刪留言是不是因為手指短？好啦好啦，不用手也能用別的啊！」

別的？不用手還能用什麼？

對於未經人事的裴聿睿來說，這太難懂了些。

裴聿睿還在努力思考時，下面的留言已開始暴動，紛紛發表個人高見。

「對對！說來還是持久跟靈活度的問題！」

「沒錯，手指長是可以頂到，但要是一下就手痠……母湯喔！」

「說到感受，還是要又溼又滑的才是真、享、受。」

「＋1，會的人讓妳上天堂，不會的讓妳下泳池，這用處還不如蓮蓬頭！」

「不不，爽的不是深處，懂的都知道是在兩節的那個地方。」

裴聿睿第一次覺得，中文真的博大精深，有看沒有懂。每一句看起來都很糟糕，但沒有一句能看明白。

裴聿睿欲繼續往下讀留言，那從浴池忽然傳來的呼喊聲，嚇得她手機又差點扔了出去。

「睿睿，進來。」

……這是叫狗狗進去洗毛是不是？

「妳不進來泡溫泉，我就出去泡妳。」

我就狗，汪汪。

沒志氣的裴聿睿立刻從床上跳下。經過穿衣鏡前，她瞥了一眼自己鏡中的模樣。

那張清秀的面容上化著淡妝，五官秀氣，杏眼沉靜清澈。可或許是因為常年表情甚少，眉目間帶著疏離。

並不是能讓人一眼生得好感，但也絕不令人生厭的長相。

忽然，鏡中多了一張豔麗精緻的面容。上司下水後，臉上已無妝粉，卸去了幾分幹練，多了幾分素雅。

這不是裴聿睿第一次見到上司素顏，可仍舊多看了一眼。

「如何？對妳的初夜對象還滿意嗎？」

……不要再強調初夜！

裴聿睿覺得這也算是職災項目，精神受損的那種。她轉過身撥開上司的手，背對上司，很快地解下自己的衣物，走進有毛玻璃隔擋的淋浴間沖水。

上司一步、一步地走近她。兩人相隔一面毛玻璃，裴聿睿拿著蓮蓬頭的手不禁握緊幾分。

要是等會門開，她就假裝手滑，噴溼上司一臉，讚讚。

「睿睿。」在熱氣氤氳的浴室中，上司的聲音放大數倍，迴盪耳畔，「妳為什麼會約？」

裴聿睿默默收回手，看起來是用不到了。她絕不承認覺得有些可惜，至於這問題……

「妳不也約？」

這不是辦公室，儘管裴聿睿知道對方是自己上司，今天過後還得在公司見到的人，可或許是因為隔著一面毛玻璃，一時之間，她有些忘記拉開兩人之間的分寸。

沉默了會，在裴聿睿正想著怎麼轉移話題時，上司的聲音輕輕響起。

「我會約，是因為約的人是妳。」

這句話的訊息量龐大，裴聿睿的腦袋自動運轉起來，職業病犯了，直接做起分析：

第一，上司似乎不是在今晚見面時才知道交友軟體上的F，就是自己。

第二，上司知道自己有在玩交友軟體。

第三，上司知道F是自己才答應出來的。

……等一下，這代表——

這片阻隔兩人的毛玻璃門忽然敞開，在上司面前的，是一臉驚懼又表情微妙的小祕書，這讓上司不禁彎起唇角。

很好，不枉她等了兩年。

雖然在旁人眼裡，裴聿睿那臉上的「驚懼」不過是眉頭微皺、雙眼微微睜大，但對於凝視小祕書兩年的上司來說，足以歡喜。

她一向很有耐心，可此時見到小祕書毫無遮掩的胴體，還是急不可耐地踏進淋浴間——

嘩啦。

那是澆了上司一臉的水聲。

手中握著向外噴水的蓮蓬頭，小祕書沒有向遭直澆一臉水的上司道歉，而是悠悠低嘆一聲：「原來，是這樣……」

「啊？」上司用手抹去臉上的水珠，一臉懵。

小祕書面如槁木，兩眼空洞無神，自顧自地說道：「妳是因為發現我在約炮，刻意在交友軟體上接近我，現在跟我見面是想證實這項猜測，之後妳就會因此辭退我。」

……？

等一下，為什麼是這個發展！這跟她想的不一樣啊啊啊！

費盡心機，算盡了各種可能，沉住氣地等了三個月，什麼情況都設想過了，唯獨沒想明白小祕書的清奇腦洞。

上司差點沒忍住打開裴聿睿的腦袋，看看裡面是不是蓋了一座臺北車站，有夠難懂。

……這絕對不是自己的問題，對吧？上司如此想。

時間先拉回三個月前，一切之初。

裴聿睿並非一進公司就是祕書，是在一年前的某次事件後，缺祕書的上司主動提拔她，讓她當自己祕書。

在那之後，別人調侃她倆可以組團出道，團名是「大冰山與小冰塊」，對此上司彎彎唇角，不置一詞。

小冰塊啊……她望向總是坐得直挺、面無表情的小祕書，忽然覺得這暱稱倒是挺適合裴聿睿的。

若非裴聿睿長相清秀，有著與氣質相異的稚氣面容，以及那雙清澈乾淨的杏眸，大抵別人就會說她倆是冰雹組合了。

不過，對於他人的閒談，上司其實沒放在心上，只當是茶餘飯後的話題，聽過便忘了。

在公司的她們，總是沉默相對，對談簡潔有力。一來是在裴聿睿心中，上司忒難相處，二來是裴聿睿自身也過於疏離冷淡，一向公事公辦。

讓人望著垂涎三尺，卻苦無機會撲上去。

上司不否認是因為私心才將裴聿睿調到自己身邊，可說實話，若不是那次事件……也許她倆現在還是裴專員與穆總經理，這樣疏遠的關係。

裴聿睿晉升為祕書的半年後，上司想，那句「近水樓臺先得月」，是不是也有不靈的時候？

不然，兩人之間的關係為何毫無變化？

裴聿睿還是那個不鹹不淡、不冷不熱的祕書，事事做得細緻又完善，想刁她幾下都是枉然。

上司一面敬佩，一面又感到煩躁。

可她從未表現半分，在沒有全然的把握前，她不會出手。在等了數月後，總算在三個月前，她等到一個極佳又絕妙的機會。

看似完美的、毫無破綻的小祕書裴聿睿，居然有在玩交友軟體！

三個月前，兩人到日本出差，三天兩夜，一間房間、兩張小床，什麼事情都沒有發生。

惟那放在床上、在裴聿睿進浴室時震動的手機，吸引了上司的注意。

她不過隨意一瞥，就看到讓人訝異的訊息內容。

「嗨，妳住哪？約嗎？」

這個「約」……是她想的那樣嗎？上司的心跳有些快，面色仍舊鎮定。她很快地記下圖示，躺到自己的小床上，拿出手機上網搜尋。

最後，她還真的找到了那個APP，確實是交友軟體沒錯，於是她趁著小祕書走出浴室前，飛快地完成註冊。

在暱稱那欄，她想了一下，給自己起了一個暱稱：J，源於她的本名。

小祕書踏出浴室時，上司的心咯噔了下，可她仍舊鎮定，不為所動。小祕書壓根兒沒有察覺到異樣，只是一邊擦髮一邊拿起手機。

完成註冊程序的上司，眼角餘光不自覺落到小祕書身上，敏銳的裴聿睿感覺到了視線，看了過去。

「換妳洗澡了。」

上司輕輕嗯了聲，拿起手機坐起身。儘管剛出浴的小祕書臉色紅潤誘人，可有件事，上司決定現在就要知道。

裴聿睿背對上司走到梳妝臺，一手拿著吹風機，另一手滑著手機。倘若那時她有抬眼，或許能從鏡中見到身後那雙幽深的眼眸。

那個交友軟體有個「附近交友」的功能，定位方圓五公里內都可以按下加友，而成為好友的前提是雙方同意。

打開定位，再打開藍牙，不過一會，地圖上果真出現數個黃點。上司點開那離自己最近的黃點，便跳出了裴聿睿的側臉照。

不會錯，這個暱稱「F」的女人，真的是眼前在吹頭髮的小祕書。

直至今日，上司仍舊記得當初發現時的激動，內心暗潮洶湧，面上仍舊平穩無聲。

她點下交友邀請的同時，抬起頭，與裴聿睿對到了眼。

那一眼，像是她在公司見到裴聿睿的第一眼，僅僅一瞬間，她就知道，自己的目光注定要追隨著這個人了。

「我洗澡。」壓抑內心的萬千情緒，上司站起身，拿著浴袍走進浴室，一關上門，她就閉上眼。

真的……太不妙了。

溫水灑下，洗去了她大半的情緒。現在，不過是拿到接近小祕書的門票，能不能真正踏進去她的私領域，她其實沒把握。

可當她洗完澡、走出浴室，拿起手機時，呼吸隨之一凝。

——通過了，好友申請通過了。

上司拿著手機，望向躺在另一張小床的祕書，指尖微微收緊。

「怎麼了？」查覺到上司視線的小祕書放下手機，迎上上司目光，注意到她手中的手機，頓了下，淡淡問道：「是要確認明天行程嗎？」

是想跟妳討論如何追妳。

上司眼眸一暗，眼底泛起一絲難以察覺的笑意。她坐到床上，直勾勾地看著裴聿睿，彎起唇角。

「是可以，好好討論一下。」上司說。

眉梢微抬，裴聿睿坐起身時，拉鬆了身上那件浴袍，鎖骨裸露大半，白皙的胸口若隱若現。

裴聿睿打開行事曆，擺出工作模式，自顧自地報告起明日行程，語調平緩，咬字清晰，聲音明亮。

上司的視線落到那一張一闔的唇上，呼吸愈漸灼熱，目光也是。

「以上，請問有任何問題嗎？」話音落下，裴聿睿的視線從手機移到上司臉上，剎那，她心中一震。

「沒問題，謝謝。」上司的笑容淺淡，一派淡漠，稀鬆平常。

裴聿睿回過神來，連忙點點頭。

……是自己看錯了嗎？

那一瞬間，裴聿睿有種被花豹盯上的錯覺，她下意識拉攏領口，站起身去喝水。

此刻，兩人再次同房，甚至一起待在浴池內，裴聿睿身上沒有浴袍，但還有隻手可以橫過胸口，遮掩一對酥胸。另一手，則是擋在她與上司之間，隔開一點距離。

這時的她，正被自己的腦迴路氣得七竅生煙，見上司沒說話，她便當作是默認了。

這令裴聿睿憤怒不已。

「妳卑鄙無恥！下流齷齪！衣冠禽獸！人面獸心！妳——」

「等一下。」

上司回過神，一臉無奈，伸手抓住腦洞大開的小祕書，倒無半分怒氣。雖然是頭一次被人指著鼻子罵，不過想到這人是裴聿睿，她倒是有點高興。

「妳別碰我！媽的穆若桔妳這王八蛋，妳有一堆方式可以幹掉我，非得用這種方式，妳這厚顏無恥的——」

「是，妳說得沒錯。」

穆若桔勾起唇角，手扣住小祕書的腰，臉上笑容美麗動人，眼裡有火光在躍動。

「我現在就是要幹妳，真是讓妳久等了。」

小祕書背脊一涼，高張的氣焰在唇吻上來時熄滅大半。她嗚咽幾句，想說「此幹非彼幹」好嗎！都是動詞不代表意思一樣啊！

在小祕書被吻得喘不過氣時，上司總算願意放開她，而那手，也緩緩下移放到臀上。

小祕書內心一抖，正覺得要被吃掉時，上司忽然悠悠說道：「……不過，我不知道怎麼做。」

……？

四目相視，那點曖昧與淫靡的氣氛蕩然無存，上司直挺挺地站著，義正辭嚴地說：「怎麼？妳自己說沒性經驗也可以約的。」

裴聿睿腦袋一片空白，眨眨眼，指著穆若桔，「那妳剛剛在攻三小的？」

真的是在公三小，裴聿睿想。

「這要怪妳吧，妳跟我聊天時說自己是攻，那我當然覺得自己只要撲上去然後被妳上就好了啊。」上司理所當然地說道。

……？

裴聿睿撫額，真沒想過事情會如此發展。浴間的挑逗是真的、身體的燥熱也是，然而，要這麼停下嗎？

裴聿睿想了下，遲疑地問：「那……我們一起看片好了，妳覺得呢？」

「好主意。」

於是兩人步出浴室，穿上浴袍，一同找起了片子。

裴聿睿一直都知道，自己跟上司很不合，但她不知道會到這種地步。

「所以，要不要看《藍色是最溫暖的顏色》？」小祕書問。

「不要，那部很長，看完都可以睡了。」上司直接反駁。

小祕書皺了下眉，又問：「那《因為愛你》？」

「那部是文藝片。」

「……」連提兩部都被反駁的小祕書翻個白眼，語氣冷了幾分，「那不然妳說說看要看什麼？」

上司聞言，隨手滑了滑手機，「我找到了，電視連我的手機吧。」

在等待連線的過程中，上司撥撥自己的髮，慵懶而隨意。她伸手拿過方才從迷你吧拿的葡萄酒與酒杯，逕自倒起酒來。

「妳還沒回答我的問題。」

聞聲，裴聿睿側過頭，接過上司遞來的酒杯，淺嚐一口。酒液入喉，她一頓，有些遲疑地道：「這是……」

「樹葡萄酒。」

「難怪。」裴聿睿又淺嚐一口，細細品味，感受酒液滑過舌尖，帶著微酸的果香，入喉後，舌後甘甜。酒精緩慢地催化，唇齒之間盡是酒香，讓裴聿睿想起那場婚宴上的高級紅酒。

裴聿睿是記得的，記得那在浴池中，她因逃避而沒給出的答案。

為什麼會約？呵……裴聿睿拿起酒杯，微仰頭，將杯中剩餘的那點葡萄酒全數飲盡。

縱然非烈酒，可喝得過急、過快，仍讓裴聿睿不由被嗆了幾口。

「還要嗎？」

略低的嗓音如根羽毛輕輕搔著耳際，平日惹人生厭的嗓音不知怎麼地，竟讓裴聿睿覺得……有些迷人。

自己肯定是瘋了，裴聿睿想。

好酒當前沒有不享用的道理，裴聿睿點了下頭，可就在這時，一隻手忽然摸上了她的臉頰——

「妳幹什——」

微張的唇，讓另一人的舌將酒液餵進自己的嘴裡，上司捧起她的臉，不疾不徐地，將含在口中的酒緩慢地全數餵給小祕書。

來不及吞嚥的酒液自唇邊溢出，順著臉廓流至下頷，再滑過優美白皙的脖頸，隱入胸口。

「好喝嗎？」

上司的聲音很輕，小祕書的視線跟隨著那酒液，停留在胸口。

耳邊忽然響起一聲聲喘息聲，甜膩而急促，裴聿睿猛然抬起頭，發現手機連上了電視，播映著女女愛情動作片。

上司的手放到了自己的腰上，輕巧地解開了綁帶，浴袍隨即往兩旁隨意鬆開。

那撫著裴聿睿臉頰的手稍稍往上，兩指輕輕捏住柔軟的耳垂，上司低道：「妳是攻吧？F。」嗓音含著一絲笑意，吐出的氣息沾染酒香，指甲有一下沒一下地輕輕搔刮耳後那片肌膚。

望進穆若桔幽深沉黑的眼眸，裴聿睿見到一抹淡淡的笑意，彷若是那名為「J」的女人正嘲笑著她。

意識到這點時，裴聿睿咬了下牙，伸出了雙手——

「嗯……」

接觸到冷空氣的肌膚微涼，順著肩上的雙手往後躺，那剛吹乾的柔順長髮隨意散在純白的床鋪上。隱約可見脖頸上、胸口上那淡淡的酒漬，是方才的酒液滑過的地方。

裴聿睿吞嚥了下，思緒有些混濁，或因幾杯的葡萄酒，又或是電視上的聲色淫靡。

她看了穆若桔一眼，想起這人平日呼風喚雨之勢，她可是董事會之下，千人之上的穆總啊……

這樣的穆若桔，此刻卻只著一身寬鬆的純白浴袍，綁帶已解，躺在自己身下，慵懶而……性感。

這是裴聿睿第一次將這詞用在一個人身上。那個人，是自己避之唯恐不及的惡魔大冰山，是約炮不小心約到的上司！

可她也是一個女人，一個美麗而迷人的女人。

低下頭，伸出舌尖，循著酒香輕輕舔拭，自胸前白嫩肌膚一路往上，在鎖骨處流連。

呼吸愈漸急促，胸口起伏不定，在舌尖輕輕捲起柔軟的耳垂時，那忍不住的呻吟溢出唇角，徹底熱了小祕書的耳朵。

電視上的女人仍在繾綣交纏，呻吟高亢外放，與上司是截然不同的。她的呻吟很輕、很柔，那簽過無數文件的手，輕放到自己後髮上，像是鼓勵，也像是欲望。

為什麼，明明沒有被碰觸，下腹仍能燥熱溼潤？這種感覺令裴聿睿感到陌生，可是……不討厭。

將身上那點酒液舔拭乾淨，裴聿睿兩手撐在上司身側，視線自上而下，目光混濁。

躺在身下的穆若桔微仰起脖子，凝視上方的裴聿睿，眼眸深沉，有欲望在其中翻湧。

她等了兩年，整整兩年。

對著這樣的裴聿睿，穆若桔覺得自己不需掩飾，也不想掩飾，順著欲望誠實地張開雙腿、抬高腰，再拉過那比自己的手更細上一圈的手腕。

這隻手，總在筆電上飛快地打字，處理各種繁瑣的雜務，為自己的每一次行程都做出穩妥又悉心的安排。

裴聿睿喜歡單手支頭、瞇眼沉思，那時，穆若桔的視線總忍不住停在她的指尖上。

那圓滑、乾淨的指尖，正顫顫地、輕輕地放到了自己溼得一塌糊塗的花心上，一意識到這點，下腹燥熱滾燙，熱液汩汩流出。

那手有些不知所措，撫摸得仔細而緩慢，對於裴聿睿來說，是探索、是陌生，對穆若桔而言，則是愉悅的折磨。

指尖在幽穴徘徊駐留，那指尖傳來的滾燙讓裴聿睿感到新奇而……喜悅。

她不知道為什麼會有「喜悅」這樣的情緒，可她知道自己不討厭，一點也不討厭碰觸這個平日只想躲得愈遠愈好的上司。

思及此，裴聿睿望向穆若桔，這是她第一次認真地、仔細地凝視她的面容。見到她含媚的眉目，秋水般的眼眸，微微一瞇都是勾引。

裴聿睿有些口乾舌燥，在那隻手覆上自己手背時，她呼吸一凝，手指順著熱液、也順著本能，輕輕地伸進了滾燙的花穴。

那一瞬間，穆若桔閉上眼，滿足地長嘆一聲。

「會……痛嗎？」

聞言，穆若桔睜開眼，瞧見裴聿睿臉上的擔憂，彎彎唇角，再伸舌舔了下自己的唇角。

「睿。」

裴聿睿彎下身，耳朵靠近穆若桔的唇角，下一秒，那在上司體內的手指立刻毫無顧忌地抽動起。

「在把我幹哭之前，妳會先手痠的。」

小祕書臉色一變，抿了下唇，那指腹一下、又一下的，深深的、不成規律的，在肉壁內來回刮過一次、又一次。

每一次的淺出，都帶出一絲淫液，溼了她的整隻手。

修長的雙腿纏上裴聿睿的腰肢，雙腿成了M字形，那在幽穴中恣意妄為的手指，抽插加快。

手指上勾，上司的身體微拱起，呼吸也跟著急促。那張精緻的面容雙頰潮紅，紅唇吐息灼熱。

裴聿睿不確定自己這麼做是不是正確的，但她的視線一點也不想從上司臉上移開。

有別於辦公室內的菁英冷漠形象，此刻的她很美，美得驚心動魄。

「快……」

裴聿睿一手扣住上司的腰，另一手不斷、不斷頂撞著上司體內的那處。柔身緊繃，她一下又一下的抽插，如高高捲起的浪，將人捲進欲海之中。

雲雨堆聚，大雨終落。

穆若桔緊繃的身體慢慢鬆下，那不穩而急促的呼吸在胸口那隻手的拍撫下，逐漸平緩。

一會，裴聿睿輕道：「我……抽出來了？」

穆若桔低低嗯了聲，在手指抽離身體時，她睜開了眼睛，而那雙眼，令裴聿睿不禁一怔。

那雙丹鳳眼，清亮、有神……甚至，帶點狡黠的光。

「妳要對我負責了，睿睿。」

……？

裴聿睿還沒反應過來，忽然一個天旋地轉，她被反壓在床上，那雙手甚至快速地被拉高至頭上，再被浴袍綁帶給綁起。

什麼情況？

剛歷經一場歡愉性愛，穆若桔悠悠地坐到小祕書平坦且有點線條的腹部上，愛不釋手地撫摸著。方才那嫵媚而柔軟的嬌態，消失得無影無蹤，判若兩人。

「哦，對了，先把這關了。」上司拿起手機斷開與電視的連接，再俯下身，朝著小祕書嫣然一笑。「我不需要看片，畢竟，我不是第一次，而且，我一直都是上面那個。」

……？

「片是給妳看的，教妳怎麼上我，妳上了我，就要負責喔，睿睿。」

裴聿睿雙眼圓睜，一臉驚恐。

穆若桔繼續說：「畢竟要是我先上了妳，那麼今晚之後妳就會自認倒楣，然後跟我一拍兩散，可要是妳先上了我，而且我還把自己的第一次給了妳——」指尖點著小祕書的唇，「那就變成是妳『始亂終棄』喔，小睿睿。」

幹！被算計了！

同時，裴聿睿也達成了「首次約炮就被仙人跳」的成就。

實屬不易，可喜可賀。

ღ

裴聿睿想，別人的仙人跳是「詐財」，那她的仙人跳就是被「榨乾」。

「我去你的……」

在被上了第五次後，裴聿睿癱在那，髮絲凌亂、薄汗涔涔，她從陌生、新奇到享受、貪戀，現在她只想進入聖人模式。

這不能怪小祕書體力差，讓我們先來細數一下這五次怎麼來的：

第一次，她雙手被綁，在上司手上高潮。

第二次，她雙手被解開，那手改壓到上司的後髮上，在上司的舌尖上享受到了高潮。

第三次，她被上司拖進浴室洗身體，再坐到了溫泉浴池邊。上司浸在微濁的硫磺泉裡，扳開她的雙腿，唇湊近她的腿間再來了一次。

第四次，兩人走出浴池，還沒走到床上，小祕書就被壓在床旁的沙發上，上司的吻落於脖頸、胸口、腰腹，手摸上幽處。

第五次，小祕書被抱到了床上，坐在床邊，對著穿衣鏡雙腿張開，親眼見著那千人之上、天生驕傲的上司半跪下來，身姿虔誠，唇湊進她的腿間。

不過是這樣看著，小祕書就知道，自己的下腹又開始燥熱而黏膩。

但這不代表可以被上一次又一次吧！人的體力是有極限的好嗎！不過……裴聿睿也隱隱發現一件事。

這五次無論多麼激烈，沒有一次，那手指或是舌尖，有伸進她的體內。

穆若桔並沒有做到最後一步。

雖然如此小祕書仍舊滿腹哀怨，然而某上司仍舊神采奕奕，彷彿是吸人精氣的蜘蛛精般伏在小祕書身上，意猶未盡地舔著嘴脣。

當那隻手摸上裴聿睿的胸口時，本瞇著眼的裴聿睿立刻睜開，眼裡有驚懼。

「靠北，妳還沒累？妳把我翻來翻去、壓來壓去的，現在還要再來？」

上司彎彎脣角，脣上沾染小祕書的味道，淡淡的，是她喜歡的味道。

「我直接用行動回答妳，如何？」

那剛摸上小祕書雪乳的手立刻被拍掉，上司抬眼望向小祕書，收到一記冷光，她便大笑幾聲，躺到了小祕書身側。

「這不能怪我，妳太好吃了。」

聞言，裴聿睿翻個白眼，不置一詞。對她而言，即便跟這個人上了床，在自己心中上司仍舊是擊敗人，這點是不會改變的。

歡愛過後的呼吸紊亂，一隻手忽然摸上她的腹部，正當小祕書一記冷光掃過去時，卻發現腹部上的那手掌，正一下、又一下地輕輕拍撫。

那是不帶情欲、不含挑逗意味，單純的、輕柔的拍撫。而小祕書的呼吸也順著平穩的拍撫節奏，慢慢回穩。

忽地，上司一聲極輕的話語，輕輕響起：「有滿足妳就好，這樣……妳就不會去找別人了吧。」

裴聿睿頓了下，抬起手，伸往上司——

啪。

那是上司額頭被拍響的聲音，特別響亮。

「……妳的頭是西瓜嗎？」身為罪魁禍首的裴聿睿毫無悔意，不可思議地說，「跟我媽買的小玉西瓜拍起來一樣響。」

「……」穆若桔承認自己是擊敗人，但裴聿睿絕對略勝一籌。

「不過，我不是因為欲求不滿才約的好不好？妳不要講得我很缺行不行？」

提到這個，一向自恃冷靜的裴聿睿也不禁氣急敗壞，脫口道：「我喜歡過的兩個人，一個結婚、一個生小孩，只有我還停滯不前，我就不甘心怎麼了？」

上司一頓，眨眨眼，眼底泛起一絲笑意，小祕書便解讀為上司在嘲笑自己，怒氣騰騰地續道：「玩交友軟體讓我更生氣，不是一開口就是要約，就是根本聊不起來，玩了大半年好不容易遇到一個有點好感的，結果約出來還是自己上司！」

「噗。」

穆若桔沒忍住地噗哧一聲，她都不知道要從哪同情起了。她坐起身，拉著小祕書一起，再伸長手拿過隨意扔在床角的浴袍，披到小祕書身上。

「手。」

畢竟也跟著這個人做事許久，身體的反應比腦袋思考更快，她抬高手，兩手穿進了衣袖。

裴聿睿有些不明白地看著穆若桔，她眼裡仍有欲望，裴聿睿沒有錯看。

然而，穆若桔只是伸手拉整她的衣領，一邊自然地道：「這衣服是我脫的，幫妳穿回去也是應該的。」拉過腰帶，上司在小祕書的腰間處打上了一個結，彷彿也將兩人之間的關係就此纏在一塊。

替小祕書穿好後，上司下了床，拿起椅子上的另一件浴袍隨意披上，剪裁合宜、親膚柔軟的質料襯得她的身形修長優雅。

撥了撥髮，穆若桔回到床上，朝小祕書彎脣一笑，慵懶而性感，與在辦公室內的冷漠形象大相逕庭，裴聿睿看了一眼，便把頭別開了。

視線觸及自己的指尖，裴聿睿抬起手，湊進鼻尖，上面還有淡淡的腥臊味，是穆若桔的味道。

指尖被溫熱肉壁包裹的觸感，仍舊清晰。

「妳為什麼……」從剛剛便梗在心裡的疑惑湧上，裴聿睿抿了下脣，放下手，側過頭，迎上穆若桔沉靜的目光，「……沒有伸進去？」

穆若桔的眼眸如窗外那片夜般沉黑幽深，帶著些許星點，熠熠動人。

「我讓妳伸進來，是因為我的全部都想給妳；我撫摸妳、親吻妳，想讓妳舒服，是因為我喜歡妳，並非我想強要妳。」

穆若桔撥了撥頭髮，淡淡道：「妳會約，就是想滿足、想被人擁抱，至少我是這樣理解的。」

裴聿睿並非一時衝動的約炮，但也真的沒往深處想，自己到底想要什麼。今年接二連三收到喜訊，先是初戀結婚了，再來是……那個人有孩子了。

自己卻還是一個人，一如既往，毫無長進。

面對高強度的工作、無法放鬆的週末，以及被工作消磨殆盡的社交能量，使她不想再踏出那一步。

所以，她選了交友軟體，一個最簡單快速的方式，但沒有想過自己到底要什麼。

思忖到一半，上司的清冷嗓音再次響起：「還有，我不認為這件事是錯的，但我覺得妳要的這個人，該是我。」

「……」

裴聿睿不知道該從何處吐槽起，最後，沒忍住地一笑。

穆若桔也感染到她的笑意，微微揚起唇角，頭一偏，靠在小祕書的肩膀上。

「那，我們現在是什麼關係？」小祕書又問。

上司拉過小祕書的手，捏揉她的手指，淡淡道：「妳喜歡我們是什麼關係，我們就是什麼關係。妳想要繼續當上司下屬，那就是上司跟下屬的關係；妳想要交往，我們現在就是彼此的唯一伴侶；妳想要結婚，我們明天就去戶政事務所。」

「最後那句有點多了喔。」

穆若桔輕笑幾聲，那手上玩著的手突然被抽走，不一會，她手上多了一支手機。

上司拿起一看，指腹滑了滑，有些愣住。

「那就先這樣吧。」小祕書說。

交友軟體刪掉了。

上司輕笑一聲，將小祕書的手機放到一旁，隨意道：「妳比我晚了一天刪。」

在約到小祕書的同時，上司就把軟體刪除了。

等了會，小祕書沒答話，上司看了過去，見到一張安穩的、毫無防備的睡顏。

穆若桔彎彎唇角，下了床，關上燈，回到床上時，那床頭櫃上的手機一陣震動。

不是她的手機，那就是……

「睿睿，我隨時等妳回來，我們重新來過。」

黑暗中的螢幕特別刺眼，那則訊息也是。

上司瞇了瞇眼，伸手摁掉手機，回到床上，將小祕書從後擁入懷，慢慢地閉上眼，沉沉睡去。

不去想為什麼，敵對公司的執行長會傳訊息給裴聿睿。

第二章

不小心約到上司怎麼辦——這是在裴聿睿意外跟惡魔上司穆若桔不小心睡了一晚後，夜裡反覆所想的問題。

對裴聿睿來說，真是一道難解的問題。

睡一覺是容易的，可上了床之後呢？

天亮之際，徹夜淫靡盡散，朦朧的關係立即黑白兩清。在裴聿睿心中，她倆就是上司與下屬，依舊是「我」跟「妳」，而不是「我們」。

……這跟她想像中的約炮不一樣啊！

跟陌生人約炮是一個晚上的事情，跟自己上司約炮是半輩子的事！難道真的要換工作嗎……在Uber上的裴聿睿覺得頭很痛。

而覺得頭痛的，可不是只有裴聿睿。

退房前半小時，房裡電話響起，是飯店的貼心morning call。穆若桔意興闌珊地伸手接電話，應了幾句後掛上。

今天是在哪出差來著……思索到一半，她立刻意識到這可不是出差！而是——

「裴聿睿！」

穆若桔立刻翻身坐起，而回應她的，卻是空無一人的房間。所有關於裴聿睿的，早已收拾得一乾二淨，彷彿她從未來過似的。

原本有些混濁的思緒立刻清明，穆若桔撥了撥長髮，拿起手機深吸口氣，礙於離退房時間只剩半小時，她只發了一則訊息過去，便起身下床梳洗整理。

在下床仔細環視周遭一切時，發現所有的物品早已整理穩妥，幾乎是包包一揹就可以直接離開。很棒，很優秀，但這並不妨礙她方才隨手一傳的訊息。

「妳這小王八蛋！」

……王八蛋？

一時間裴聿睿有些語塞，在思考上司傳錯人的可能性，但再想想自己拋下對方先離開的行為……不，裴聿睿堅持不認這罪名。

是穆若桔渾蛋在先，不能怪她小人在後，這鍋她絕不揹。不過，這訊息也意味著，昨晚發生的所有一切，都是真的。

她真的跟上司睡了，心好累。

車停巷口，裴聿睿道謝後便下車走向家門，正慶幸今天是假日不必進辦公室，不會有閒雜人等來電打擾自己時，放在口袋中的手機便響起。

裴聿睿嘆口氣，一面祈禱不是擊敗上司一面拿出手機，一眼未瞧地放到耳邊。

「喂？」

「睿睿。」

一聲「睿睿」讓裴聿睿雞皮疙瘩掉滿地。過去只有某人會這麼噁心她，現在似乎又多了一個。思及此，裴聿睿拿遠手機瞥了眼螢幕，確認來電人後心安幾分。

嗯，這時候只要不是擊敗上司就好，不過，對象是卓璟妍並沒有比較好。

「妳沒有收到我的訊息嗎？」對方問。

話筒另端的女人，嗓音略低，低緩沉穩略富磁性，過去常有客戶詢問這人是誰，聽其聲而想見其人的不在話下，可這並不代表裴聿睿也在趨之若鶩的人之中。

進了家門包包一放，裴聿睿將手機開擴音後，自顧自地做起自己的事，邊漫不經心地說：「看到了，然後？」

彼端的卓璟妍顯然一頓，後才道：「不考慮？」

「不考慮。」

「……」

在卓璟妍被噎著不知道該回些什麼的同時，裴聿睿想起自己這岌岌可危的工作，心念微動，雖不發一語，可她終究放下杯子，拿起手機，打開那封訊息。

等她回去嗎……倘若哪天自己真離開現在的公司，看來也不至於要睡公園了，不過，裴聿睿想，自己還是不會回去的。

如果當初的她還有回去的心，就不會……

「反正，只是想讓妳知道我還在等妳。我認為妳在穆總身邊做事，那是委屈妳──」

啪一聲，提到穆若桔那擊敗人裴聿睿就覺得心煩，索性將電話給掛了。裴聿睿嘆口氣，不知道是為了突然來電的卓璟妍，抑或是不小心睡了一晚的穆若桔。

又或者是，兩者皆是。

「咦？妳怎麼這麼早回來？」

聽到後方的女聲，裴聿睿回頭，便見到暫住在這一陣子的室友，問道：「妳現在要去補習班嗎？」

室友點點頭，像是想到什麼揶揄一笑，「妳這麼乾脆地回家，是不是約到雷炮了？」

對於約炮這件事情，裴聿睿抱持著開放正面的心態。除了公司的人之外，她不認為有什麼不能說，且對方還是自己的多年好友。在行前她確實跟室友提過，一方面也是避免自己真遇到人身安全問題，至少有人知道她在哪。

不過，誰也沒想到，人身安全是無疑慮，飯碗危機接踵而至。

而裴聿睿內心的各種小劇場也顯露在眉梢，偶爾緊蹙，偶爾挑起，臉色看上去有些微妙。身為裴聿睿的暫時室友兼好友，符桑耐不住地繼續問道：「難道是，對方很照騙？」

裴聿睿默了一下，落下一句話，直接炸了鍋。

「約到自己的上司，算不算雷炮？」

「……靠北！」符桑睜大眼，一臉不可置信地說：「妳上司還有誰！不就那位冰山姊姊嗎？等一下，所以妳約到冰山上司，那就是冰山撞冰塊，有下冰雹嗎？」

……讓空氣凝結的方法之一，絕對是難笑的笑話。

裴聿睿揉揉眉心，不置可否地說：「冰雹是沒下成，關係倒是結霜了，這樣行嗎？」

「噢……」

見符桑還想說些什麼，裴聿睿趕緊將人趕去上班。應付充滿好奇心的室友，裴聿睿覺得人生更難了。

在符桑甘願去上班前，抓緊時間問了裴聿睿這麼一個問題——

「約到上司然後……妳要怎麼辦？」

裴聿睿沒有回答，也是無從回答起，她不知道能怎麼辦。但很多事情是時間會給出答案，或者，會有另外一個人直接來討答案。

「裴聿睿！妳這渣女，把人上了就跑！」

看到訊息的裴聿睿默默將手機關機，明擺著「我沒已讀等於我不知道」，而很顯然地，她低估了某人的行動力……

ღ

「善罷甘休」四個字，顯然不在穆若桔的人生辭海裡。

被拋在飯店獨自醒來的穆若桔，覺得自己彷彿被人揍了一拳，心情有些鬱悶，使那精緻而顯得有些冷淡的五官更令人感到疏遠，讓見著的人不禁退避三舍。

不過，對於周遭視線，穆若桔視若無睹，在退房後直走出飯店，禮貌接過泊車人員恭敬遞來的車鑰匙，驅車離開。

假日無事的穆若桔，不是在家煮咖啡，就是外出上瑜珈課，從沒讓自己閒下，可現在，她卻有些不知道自己該去哪。要回家嗎？穆若桔有些抗拒，總覺得自己就這樣回家，彷彿代表一切都結束了。

一切如常，什麼都沒有改變——這並不是穆若桔期望的發展。

方向盤一偏，朝著回家的反方向駛去。手握方向盤的穆若桔思緒清明，腦袋正快速運轉著。

昨晚發生的一切都很美好，小祕書如她日日夜夜所想的，既可口又美味，讓人忍不住上癮，想一嘗再嘗。她仔細回想夜晚的所有細節，認為這不會只是單相思。

難道裴聿睿真的毫無動搖嗎？想到小祕書昨晚動情的模樣，與平日的精明幹練大相逕庭，她心中就有些春心蕩漾。

哎，開葷後真的回不去。

既然問題全出在小祕書身上，那麼直接去找小祕書不就得了？穆若桔頓時茅塞頓開，覺得自己聰慧無比，便朝著小祕書家裡駛去。

儘管這算盤打得喀喀作響，可人算不如天算，縱然腦海中想著一百句見到裴聿睿後的逼問招供，卻沒想到會沒碰上面——雖然嚴格說起來，人還是有見到。

只是裴聿睿沒見到自己罷了。

駛近小祕書家門口，穆若桔正找著路邊停車位時，餘光瞥見了有人影從小祕書家中走出，於是她暫停路邊，目光隨著那人直至轉角處看不見人影才收回。

裴聿睿還有室友？就憑她孤僻又自閉的個性？穆若桔還來不及細想那人可能的身分，便又見到一人從小祕書家中走出。

定眼一瞧，這身形清瘦，面無表情的女人，不正是裴聿睿嗎？穆若桔仗著自己在車內暗處，視線肆無忌憚地落在小祕書裸露的上胸口處。

這上身穿著露肚黑色運動背心，搭著一件小外套，下身穿著黑色貼身彈性褲的女人，胸口處露這麼多真的太不檢點了！

正當穆若桔被裴聿睿別於平日正裝的打扮氣得七竅生煙，欲下車揪人理論時，便見到小祕書走到轎車旁，打開車門跨步上車，於是穆若桔忍住下車抓人的衝動，耐著性子開車跟了上去。

她就想看看裴聿睿把人給上了後，改一身性感勁裝打扮要去哪裡！

而被人暗處盯上的裴聿睿渾然未覺，只是一邊打哈欠一邊開著轎車，朝著健身房駛去。

她本來是想在床上倒頭就睡，不睡個一整天對不起自己，然而懷著心事的她左翻右轉地怎麼也睡不著，於是乾脆起身下床，決定去健身房運動。

她一面開車一面告訴自己，這不是逃避問題，是暫時擱置。卻沒想到此一舉動，惹來了更大的麻煩。

女性健身房一向是女性間的熱門選項，尤以個人單練的女性尤是。只要預算許可，常是直上純女性的健身房，對裴聿睿來說也不例外。

她並不是特別熱愛運動，只是每每被上司惹怒時，她就會特意找距公司頗遠的健身房操練一小時，把自己累得半死之後就不會再想公事，還能鍛鍊身體線條及體態，何樂不為？

因此，裴聿睿沒想過，有天會在這健身房中，見到公司的人。

「裴……聿睿？」

健身房裡的落地鏡中，映著兩張表情微妙的面容。先被人喊出名字的裴聿睿朝對方點頭致意，再環視這假日總是熱門得難求一位的健身房，發現僅剩那人身旁有空下的器材，裴聿睿思索半晌，朝著對方筆直走去。

見著裴聿睿朝自己走來，她的心咯噔了下，故作鎮定地拿毛巾擦汗，臉上不知道該掛著怎麼樣的表情，顯得有些手足無措。

相較之下，裴聿睿顯得泰然自若，又或者是面上常年無表情，使她的尷尬難以可見。

裴聿睿坐到器材上後，率先出了聲：「好久不見了，柯祕書。」

柯璇茵顫了下，穩了穩心神，接道：「是很久不見了。」

兩人的對視彷彿使周圍空氣凝結——有什麼比見到自己前手更尷尬的呢？

不過裴聿睿的思路終非常人，下句一落，尷尬蕩然無存。

「……妳不覺得穆若桔真的很擊敗嗎？」

「……啊？」柯璇茵怔怔地看著接替自己職位的裴聿睿，眨了眨眼，後不可置信地瞪大雙眼。

這是，在跟她抱怨穆總嗎？

跟一個已經離職且曾在穆若桔身邊做事的前祕書？

而在裴聿睿的思路中，有共同的敵人就是好友，於是她接道：「妳怎麼能忍受穆若桔那麼多年？」

「呃，這個嘛……」

雖然柯璇茵很想說，妳怎麼能這麼自然地跟我抱怨穆若桔！但她終歸是沒這膽子，有些忌憚地說：「大概是因為……穆總公私分明？」

裴聿睿隨即一臉吃癟，想反駁又反駁不了。工作上她可以同意這句話，但私底下……裴聿睿隨即想到昨晚的一切，頓時氣惱，便咬牙做起了訓練。

柯璇茵一頭霧水，沒搞清楚現在到底是什麼情況？

她不是不認識裴聿睿，只是那時候還在同公司的兩個人身分懸殊，一位是穆若桔的柯祕書，一個是剛進公司的基層裝專員。

兩人至多就是點頭打招呼的同事，並非能閒話家常的友好關係。

但在裴聿睿的小腦袋瓜裡，凡是穆若桔以外的都是夥伴，包括已被離職的柯璇茵也是。

柯璇茵思索了下，開口道：「穆總……現在還是一樣，呃，追求完美？」

裴聿睿的雷達頓時響了下，放在器具上的手立刻放下，直勾勾地看著柯璇茵，語氣帶著一絲急迫的認同。

「她還是一樣——」裴聿睿咬牙切齒地說：「雞蛋裡挑骨頭的擊敗人。」

柯璇茵怔了下，忍不住笑出聲。或許是裴聿睿的怨氣太真切，那點對於裴聿睿的防備心隨即煙消雲散，緊皺的眉目間也跟著輕輕鬆開。

在旁人眼裡，兩人就是關係甚好的友人，在穆若桔眼裡也是。但與他人不同的是，穆若桔面色冰霜，帶著一絲惱火。

好啊，現在是找舊人偷情是不是？

ღ

對於柯璇茵，裴聿睿並非真的毫不在意。

過去在公司裡，裴聿睿便從旁人那聽聞柯璇茵曾洩露公司要務，觸怒穆總，因此被革除職務，留下臭名黯然離開。

裴聿睿也是因為如此，才有機會被提拔成為裴祕書。反之，若柯璇茵仍恪守職責，現在她與穆若桔仍為平行線，不可能會相交。

所以，對於「柯前祕書」，裴聿睿自然是有些心情複雜，但是撇除公司職務，單以「柯璇茵」與「裴聿睿」來看，裴聿睿認為其實沒有交惡的理由。

那麼，她便沒有必要為了過去那些與自己不相干的事窮追猛打，刻意擺起臉色。

重要的是，現在她為穆若桔的祕書，柯璇茵已非K公司的職員，便是可以自然交談的對象了。

於是，裴聿睿關心問道：「妳現在過得還好嗎？」

見裴聿睿態度自然，並無異樣眼光，這讓柯璇茵覺得舒心不少。

柯璇茵想了下，沒有點頭也沒有搖頭，淡淡道：「我想，離開男友後的日子，都比以前更好。」

想到裴聿睿的不另眼相待，柯璇茵便誠懇地、語重心長地說：「我想妳應該不會碰到這種事，但還是想認真建議妳……不要跟主管談戀愛。」

裴聿睿的心咯噔了下，迎上柯璇茵苦澀的笑容。

「跟上司談戀愛的話，對方說不要就不要了。」

說不要就不要——六個字狠狠地扎在裴聿睿心上。職場戀愛有風險，她不是不知道，也看過許多人栽在職場戀愛上，對此，過去裴聿睿總是不置可否，從不認為自己有一天會犯下這種錯。

此刻，她卻極有可能身陷其中，無法脫身。

柯璇茵的語氣太真切，讓人不由得相信那是肺腑之言，也讓裴聿睿不禁聯想到，這是不是跟當初的事情有關？

而很快地，柯璇茵便印證了裴聿睿心中所想。

「……要不是愛對方愛得死心踏地，又何必冒險做那件事呢？然後……發現沒有利用價值時，就被一腳踹開了。」柯璇茵扯了下嘴角，自嘲道：「自作孽不可活。」

裴聿睿一向不擅長安慰人，也不知道這時候該說些什麼。柯璇茵自然是有錯，裴聿睿並不會去美化她的行為，但也不會過於苛責。

「謝謝妳聽我說話，裴祕書。」眉目間的感激是真的，絲毫不假。

裴聿睿點點頭，或許什麼都不說，對於此刻的柯璇茵才是最好的。

這邊正一派溫馨祥和，後邊的卻是一片狂風暴雨。

穆若桔在後頭的跑步機上，雙眼注視著不遠處的裴聿睿與柯璇茵。她一面慢跑一面思索該如何把她家小祕書給抓回來。

穆若桔是沒想到會再見到柯璇茵，但也無所謂。她的人生並沒有多餘的時間頻頻回首，事情過了她自然也不計較。

對穆若桔而言，就是就事論事。柯璇茵已經為自身行為付出應有的代價，這樣就夠了。

再者，若沒有柯璇茵這一齣，她也沒辦法藉機將裴聿睿調到自己身邊，所以某種程度上來說，她可能還得感謝柯璇茵。

只是，不該是現在。

正當穆若桔盤算要不要直接走過去把人給抓回家時，便見到裴聿睿忽然起身，往洗手間走去。

穆若桔按下電源鍵，下了跑步機。脣角微勾，也朝洗手間走去。

裴聿睿有些心神不寧。

她不知道是因為昨晚的一切，抑或是因為與柯璇茵聊起了穆若桔，使她有些膽戰心驚，總覺得自己似乎被人盯著瞧，但她很清楚，這是不可能的。

雖然她在這遇到柯璇茵就是了，但是，不會再有更多了！

而裴聿睿也不覺得自己會被人搭訕，這可是純女性的健身房，亂搭訕是會引人側目的。

那麼，到底為什麼心裡會這麼不安？裴聿睿覺得有些煩躁，走到鏡子前掬一把水撲臉。

還是，是因為柯璇茵的那句話？

跟職場上的人搞上，肯定沒好事——這是裴聿睿一直堅守的原則，沒想到一個看似安全的約炮卻讓她直接翻了船。

還是小破船撞到鐵達尼號的那種程度。

裴聿睿抬起頭，欲拿起掛在肩頸上的毛巾擦拭時，忽然感覺到有人從後方逼近——

砰。

那是後背撞到門板發出的巨響。

慌亂之中，欲大聲呼喊的嘴先一步被堵住——被另外一對柔軟的雙唇吻上。

進洗手間的動作匆忙而慌亂，背撞上門板時，裴聿睿吃痛地皺起眉，身體比腦袋先一步認出來人是誰。

「噓。」紅豔的唇微張，吐出這麼一個字，又不講理地吻住了她。

裴聿睿嗚咽幾聲，雙手抵在胸前欲作反抗，卻剛好隔著衣料碰到穆若桔的胸口，頓時觸電般地收回手。

昨晚的一切，那些盡力想忘卻忘不了的，逐一浮現在腦海中。

相貼的柔身開始感到燥熱。

舌尖前伸輕探，貼上小祕書有些乾燥的唇瓣，每一吋都細細舔過，像是嘗著精緻甜點，趁著雙唇微張的空隙，舌尖深入，纏上那溼熱的軟舌，再也不願放開。

健身過後的身體有些沉，腦袋暈乎乎的，被吻得七葷八素時，裴聿睿沒能第一時間反應過來，目光有些迷茫，像是誤闖禁地的小鹿般楚楚可憐。

穆若桔忍不住笑了，迷人勾魂的鳳眼彎了彎。在見到那雙令人耽溺的眼眸中，泛起的一絲笑意時，這才讓裴聿睿緩過神。

回神的剎那，裴聿睿推開了穆若桔，面露微惱，「妳幹什麼？」

被推開的上司顯然不太高興，瞇了瞇眼，又湊過去壓制小祕書。

「來幹妳。」

比話語更快的，是抽走肩上毛巾的動作。穆若桔拉過裴聿睿的雙手，在裴聿睿沒能反應過來時，毛巾纏上她的雙手並打個結，暫時封住了裴聿睿的抵抗。

「穆若桔，妳這王八——」

「妳這把人上完就跑的沒資格說我。」

「呃，嗯……」

唇貼上脖頸時，後面的抗議聲成了壓抑又破碎的呻吟。被箝制動作的裴聿睿憤懣地瞪著穆若桔，身體卻比自己所想的更熟悉這個人。

「再亂動我就留吻痕。」

聽著穆若桔壓低聲音的警告聲，裴聿睿咬著牙，同樣放低聲音，哼笑了聲，「就憑妳那技術，吻了也像蟲子咬。」

穆若桔深吸口氣，瞇了瞇眼。要不是在外頭，她絕對會把裴聿睿抱起來上，上個三天三夜都別想下床。

可現在在外面，穆若桔是沒法把人抱起來上，不過手還是可以不安分地在小祕書身上遊走。纖細修長的手指摸上裴聿睿的臉頰，不敢大力地輕捏幾下，手感極好，可仍難消穆若桔心中的鬱悶，於是那手往下移，順著脖頸摸至鎖骨，指尖輕巧地劃過。

手指所到之處，猶如泛起湖上漣漪，一陣一陣，令人酥麻。裴聿睿扭動身子，瞪著穆若桔低聲喝斥：「剛運動完臭得半死妳也愛？妳有病吧？」

穆若桔不置可否地抬起眉梢，傾身貼近小祕書，低頭湊近頸窩，伸出舌尖貼上脖頸，自下而上，輕輕舔拭。

「幹什麼……」

穆若桔瞅了裴聿睿一眼，見到她的雙頰染上紅暈，勾唇一笑，再往上，張口含住柔軟而敏感的耳垂。

「給、給我滾……」裴聿睿極力將頭撇開，在溼熱的舌捲上她敏感而燥熱的耳垂時，她明顯感覺到身體的變化，以及下腹的緊縮。

不妙，再這樣下去……

裴聿睿一咬牙，側身逃過了那不斷挑逗她的舌尖。

她將身體靠在廁間裡的角落，側身對著穆若桔，泛著紅潮的面容寫滿倔強與不服輸，與前晚的樣子如出一轍。

讓人忍不住想攻破、占有，一次又一次。

穆若桔貼了過去，見著裴聿睿瞪著自己而呼吸急促的模樣，心裡那根理智線一緊，正瀕臨斷掉邊緣。

真的是……穆若桔從後抱住裴聿睿的細腰，另一手繞到前胸，摸上那件運動內衣的領口。

「妳要幹什——」話未完，她便感覺到雙肩的肩帶，被那吻過她無數的唇齒順著肩頭咬下，而胸前的那手輕易拉下了她的內衣領口——

「嗯！啊……妳……」

平日握著鋼珠筆簽署一份份文件的手，摸上她的雪乳，柔軟的乳肉在穆若桔的掌心中捏揉與擠壓。

而讓裴聿睿難以忽視的，是那指腹一下又一下，擦過她敏感而小巧的乳尖。

「妳給我，唔……」

穆若桔吻上她白皙的後頸，吐息灼熱，如陣夏日燥熱的風，黏膩而燙人。那兩指毫不猶豫地擰起胸前乳果，裴聿睿呼吸一凝。

酥軟的身體向後靠在穆若桔身上，她的雙手撐在門板上，輕咬下唇，不讓難耐的呻吟溢出唇邊半分。

這一切都太荒謬了！

難以招架、預料不到——使裴聿睿的思緒要比平日慢了半拍，一時之間節奏全被穆若桔拉著走。

「混帳……」

裴聿睿正扭頭過去咒罵身後的穆若桔，下一秒，門外傳來了腳步聲。

「裴聿睿，妳在嗎？」

是柯璇茵的聲音。

裴聿睿心中一震，回頭瞪了眼一臉事不關己的穆若桔，清清喉嚨，趕緊回：「我沒事，只是胃不太舒服。」

循著聲音走到裴聿睿廁間門前，柯璇茵湊近門板，朝裡面問道：「妳還好嗎？我想說妳好像上有點久，所以過來看看……」

「沒事，就是有點拉肚子。」裴聿睿一邊說一邊瞪著穆若桔，一字一句咬牙說道：「大概是我吃到『不、乾、淨』的東西，所以拉肚子。」

穆若桔微抬眉梢，覺得自己在裴聿睿口中似乎跟壞掉的海鮮一樣，不置可否地一笑。

裴聿睿的聲音聽上去頗有精神，這讓柯璇茵放心不少，她叮囑道：「那妳慢慢來，我在外面等妳。」

話落，腳步聲由近而遠，遠離了廁間，停在門口。

裴聿睿感到有些氣惱，朝穆若桔睇了睇眼，壓低聲音低吼：「妳滿意了嗎？現在怎麼辦！」

穆若桔哼笑一聲，雙手捧起裴聿睿的雙頰，看著她的眼睛道：「妳為什麼會跟柯璇茵碰面？難道妳們一直私底下有聯絡？」

裴聿睿翻個白眼，氣頭上的她既不想解釋也是懶得解釋。

見裴聿睿不說話，穆若桔深吸口氣，瞅了眼外邊道：「妳想讓我自己去問柯璇茵？」

裴聿睿微睜大了眼，輕吁口氣，想到柯璇茵正在外邊等待，自己沒法在這與穆若桔繼續對峙下去，於是她先軟下態度，撇了一句「以後再說」便將內衣穿上，推門走出了廁間。

穆若桔沒跟著走出去，她雙手抱臂，靠在廁間裡的門板上，聽著外邊裴聿睿與柯璇茵的聲音，思緒飄遠。

穆若桔從沒想過有一天，她的前祕書會與現任祕書碰在一塊，但這一天真來臨時，似乎也沒什麼好意外的。

待裴聿睿與柯璇茵的聲音消失後，穆若桔才推門離開。

昨晚不願意面對的疑惑翩然湧上——關於敵對公司執行長卓璟妍給裴聿睿捎來的訊息。

穆若桔不惹事，不代表她會怕事。

裴聿睿並不是第一天成為她的祕書，但她從未察覺到裴聿睿有異心。說她偏心也好、盲目也罷，她認為裴聿睿與柯璇茵是不同的。

當初，對於柯璇茵的異狀，穆若桔並非完全不知情。她隱約有感覺到對方不對勁，但她不動聲色地看著自家祕書逐步走向自毀。

或許，正因為有所防備，所以穆若桔只感到遺憾，並無被背叛的憤怒。

但如果換作是裘聿睿呢？

穆若桔步出健身房，走向對面的停車場，腦海中浮現裘聿睿的面容，以及不屑一顧的眼神。

「哈？那種麻煩事我才不幹。」

嗯，裘聿睿一定會這樣，關於這點穆若桔有莫名的信心。

「哈啾。」回到健身器材上，裘聿睿打了個噴嚏，她揉揉鼻子覺得有些癢。

見狀，一旁的柯璇茵關心道：「妳要不要先回去休息？我覺得妳身體好像有點虛。」

裘聿睿想到昨晚被折騰的所有一切，那水裡去又水裡來的，身體要不虛也難……於是裘聿睿點點頭，起身收拾隨身物品。

離開前，兩人互換了聯絡方式，並說好下次再約。

踏出健身房的剎那，裘聿睿立刻想到那陰魂不散的擊敗上司，便警戒地左顧右盼。有了洗手間的那一齣，裘聿睿覺得哪天走在半路上，突然被拉進暗巷都是有可能的。

不過，直到裘聿睿上車離開前，她都沒見到穆若桔的身影。

裘聿睿本該鬆一口氣，但心裡卻覺得古怪。在回到車內獨自一人後，喜愛分析事情的職業病便再次犯了——

首先，她遇到的突發狀況是，在健身房的洗手間忽然被擊敗上司擄進廁間，還差點在裡面幹炮，然而因為柯璇茵剛好出現，所以沒遂了穆若桔的願。

再來是，穆若桔可能出現的原因。

假設一，穆若桔本來就是這裡的會員。裴聿睿認為不可能，憑她長期在這健身的運動習慣，不可能一次都沒見過穆若桔。

假設二，穆若桔真的是剛好心血來潮來這健身運動。就印象中穆若桔的穿搭，不像是來健身的，所以裴聿睿直接推翻這個假設。

假設三，一切都是巧合。裴聿睿癟癟嘴，巧合是無法被推翻的，但她認為可能性極低。

再來想穆若桔的動機……嗯……大抵與自己不讀不回又關機有關？嗯，很合理又作死。

等一下，如果是因為自己的逃避造就這一切……

裴聿睿的全身血液一凝，她忽然有非常、非常不好的預感。而那個不好的預感，在她彎進巷子駛近住家並停好車後，餘光瞄見不遠處熟悉的轎車時，印證所想。

所以穆若桔真的是跟蹤她！

而事主穆若桔正悠哉地站在裴聿睿的家門前，準備來個守株待兔，可就在她看到裴聿睿的第一時間，對方竟往反方向拔腿就跑！

……現在是怎樣？

穆若桔傻在原地，愣了三秒後才往裴聿睿的背影跑去，不計形象地大吼。

「裴聿睿！妳這王八蛋！」

「妳跑得慢怪我嗎！」

於是，平日在公司裡一個高冷一個冷漠的上司與下屬，在街上玩起浪漫的妳追我跑。

穆若桔正式開始追裴聿睿，物理上。

而那畫面太美，沒有一個路人敢多看一眼。

ღ

「……問妳一句，累不累？」

公園草地上，有兩個人喘成狗，成大字並肩而躺。穆若桔單手橫過臉，大口大口地喘氣，幽怨地問。

真的是，比上人還累！

「累……」裴聿睿同樣喘著氣，閉上眼，不甘示弱地回：「妳不追我不就沒事了？」

「妳不跑我就不會追妳啊！」穆若桔說。

裴聿睿立刻懟回去：「見到妳能不跑嗎！」

兩人大眼瞪小眼，僵持不下，是穆若桔先動一步，傾身很快地在小祕書脣上一吻，然後被巴頭。

裴聿睿手遮著嘴，瞪了穆若桔說道：「我說妳別這麼無恥行嗎？」

穆若桔輕笑幾聲，一副偷腥貓似的，讓裴聿睿翻了個白眼。

微風徐來，兩人的髮絲隨之微動。裴聿睿收回視線，看向染上橙色的天空，感到有些意興闌珊。

這兩天發生太多意料之外的事，使她的身心靈有些負荷不了，尤以與穆若桔急遽拉近的關係首當其衝，她需要緩一緩。

而溝通往往是很好的紓解方式。

「我不管妳是怎麼想的，反正我就直接開門見山地說了——」

穆若桔瞇起眼，輕嗯一聲。她與裴聿睿在妳追我跑之後，隨興地躺在草地上，這是過去她從未想過，也不敢想像的事。

這兩天的一切如夢似幻，太美好，而美好往往是有盡頭的。

「我現在不想談戀愛。」

風忽地大了些，樹梢幾片黃褐色的葉子隨風吹落，落在了兩人腳邊。四周安靜，靜得裴聿睿彷彿聽到自己因為緊張而有些慌亂的心跳聲。

半晌，她見到穆若桔微張開口。

「所以，妳這是向我提出當炮友的邀約？」

「……」

穆若桔輕笑幾聲，她就喜歡裴聿睿一臉吃癟的微妙表情。

見狀，裴聿睿覺得拿出勇氣提起這事的自己像白痴，頓時氣惱不已。

「好好，我開玩笑的。」穆若桔撐起上半身，慵懶地側身凝視一臉冷漠的小祕書。她本想摸摸小祕書，但還是沒能伸出手。

「不想談就不想談罷，這並不妨礙我喜歡妳。」

由於穆若桔太不按牌理出牌，裴聿睿默默往後退一些，戒備地看著一身慵懶的穆若桔，聽著她繼續道：「我說過了，妳想要我們是什麼樣子，就是什麼樣子。」

原來穆若桔記得。

今日早晨，裴聿睿比穆若桔早一些起床。睜眼的瞬間，她見到穆若桔安穩無害的睡顏時，有些恍惚。

這是她那自律又節制的人生中，從未遇過的事。

或許是知道穆若桔睡得沉，裴聿睿的目光變得肆無忌憚，視線在穆若桔的臉上拂過每一吋，感到有些不可思議。

平日在公司裡，即便她是與穆若桔最接近的人，卻從未這麼仔細地看過穆若桔。

在昨晚以前，她都當穆若桔僅是擊敗又高冷的上司，今天之後呢？一時之間，裴聿睿沒個答案。

在悄然離開飯店時，裴聿睿多少帶著「昨晚的事留昨晚」的僥倖心態，她覺得兩人一出飯店便一拍兩散，誰也不欠誰，也會誰都不記得。

可穆若桔記得，記得情動難耐之際的甜膩話語，這讓裴聿睿頓時感到有些茫然。

原來，那些話語都不是隨口胡謅嗎？

思及此，裴聿睿望向穆若桔，見到一雙沉黑的眼眸，不過一會，她便別開了。

在裴聿睿移開目光的瞬間，穆若桔開口道：「妳有妳的想法，我也有我的堅持。妳可以不想談戀愛，同樣我也可以……嗯，我認為『追求』一詞不夠精準，但我就是這個意思。」

聽到「追求」一詞，裴聿睿心如明鏡般的內心泛起漣漪，這是一個對於她而言太過陌生的詞。她的不冷不熱、不慍不火，使人敬而遠之。沒有人猜得透裴聿睿在想什麼，同樣裴聿睿也沒有想與誰親近。

雖然仍有那麼一個人，時不時地想證明些什麼，但裴聿睿總對那人一笑置之。可她沒辦法對穆若桔也一笑置之、蒙混過去，就因為穆若桔是自己上司。裴聿睿不禁想，是上司真難辦……

穆若桔見著裴聿睿不知道思索些什麼，那小腦袋瓜的迴路太曲折，非常人能跟上，而穆若桔有不好的預感。

就在穆若桔正要說話時，裴聿睿先一步開了口。

「這樣好了，我們商量一下。」裴聿睿坐起身，雙手抱膝，低頭看向穆若桔。

穆若桔撐起上半身，側著身，慵懶地看著小祕書，眉梢微抬，「商量？」

跟商人談「商量」二字，無疑就是開戰宣言，偏偏對象是裴聿睿，所以穆若桔毫無防備地續道：「商量什麼？」

「我給妳一個機會追我，怎麼樣？」

穆若桔自然知道「兵不厭詐」的涵義，但這句成語在裴聿睿拋出極大誘餌的狀況下，直接被她拋之腦後。

那雙迷人的鳳眼彎了彎，想也沒想地點頭，「當然好。」

而穆若桔的點頭，裴聿睿就當作是達成口頭承諾，壓著心頭的雀躍，正色凜然地道：「那第一件事——就是不准碰我。」

「……哈？」

穆若桔驚得坐起身，那張冷豔的面容難得失色，怔怔地看著自家小祕書，「什麼？」

裴聿睿一臉正色，理所當然般地點頭，「請妳收起妳的肉欲開始吃素，以證明妳是認真想追我。」

「……」

裴聿睿此刻相當慶幸自己長年面無表情，才能在見到穆若桔的慌張時忍住笑意。

「怎麼？做不到嗎？」裴聿睿乘勝追擊地追問。

「不、不是……」穆若桔怎麼也沒想到有這齣，饒是冰雪聰明的腦袋一時也當了機。

事實證明再怎麼冰雪聰明，也比不上小祕書的清奇腦洞。

看裴聿睿一臉正經，穆若桔才相信，小祕書這次是認真的。

「當然，我並非單方面地要求妳。妳做得到吃素不碰我，我就可以答應妳這期間我只會有妳。」

穆若桔第一次痛恨自己這麼喜歡裴聿睿，才會因為一句「我只會有妳」而被說服進而同意。

「那，合作愉快。」

當穆若桔面有難色地深吸口氣，緩緩點頭時，裴聿睿內心歡呼一聲，愉悅地伸出手。

「……」

穆若桔一副結屎面，跟著伸出手，禮貌且紳士地回握，連摳個手心都沒有。

於是，我們小祕書裴聿睿的和平日常，隨之宣告開始。

第三章

心好累。

這是穆若桔近日在辦公室中，眼巴巴看著裴聿睿的真實心聲。

那日的吃素約定，穆若桔一度以為不過是一場惡夢，一覺醒來什麼事都沒有。可當她離開家進了公司，見到裴聿睿那蘊含深意的眼神時，穆若桔在心裡唉了聲，不甘不願地接受這事實。

穆若桔甚至開始想，難道是自己在約炮那晚表現得不好？所以沒法讓裴聿睿一試成主顧？

不，這是不可能的。穆若桔很快地推翻這個想法，她不認為初夜的裴聿睿會有假高潮的問題。

再者，穆若桔不認為自己會做得差，至於為什麼，那就是日後小祕書算起帳的原因了。

而另一邊坐在位子上處理報表的裴聿睿，相較於穆若桔的心神不寧，她顯得泰然自若許多。

在公司中，裴聿睿一直戒慎恐懼，每一步都走得戰戰兢兢，幾年下來已成一種習慣，早已刻進骨裡，所以即便發生這般天翻地覆的大事，面上她仍舊處變不驚。

倒不如說，正因為她喊了停，才得以有喘口氣的機會。

裴聿睿很少感謝前公司的那段經歷，可經過這一突發事件，她不得不感謝前公司的洗禮，此刻她才能這麼快回到正軌。

雖然，可能只是一時的。

思及此，裴聿睿偷偷覷了眼不遠處的穆若桔，見到她正專注地看著平板，就知道已進入了工作模式，且一旦進了狀態，一陣子都不會出來。

裴聿睿不得不承認，雖然穆若桔很擊敗，但她確實是名副其實的菁英，優秀得讓人崇拜，也讓人忌妒。

視線放回電腦螢幕上，裴聿睿繼續處理工作雜務。若說穆若桔是掌舵的船長，是公司這艘船的航行方向，那麼裴聿睿便是船舵與風帆，是維持船舶的動能。

兩者皆很重要，但裴聿睿很清楚，動能可以由別人來驅動，但航海方向不行。

這間公司要健康地、穩健地日漸成長壯大，需要的人是穆若桔，並不是裴聿睿。

因此，裴聿睿想，除了不小心與上司睡了一覺之外，對於這工作她是喜愛的，並不想輕易放棄。所以，她選擇暫且與穆若桔維持上司下屬的關係。

裴聿睿雖然不認同柯璇茵的行為，但是她非常同意那句話——

上司啊，說不要就不要了。

既然可以料想得見結果，那不如避免開始，就不會有所謂的結局。裴聿睿是這麼想的。

而甩開陰霾的最好方式，往往是進行下一段關係，但裴聿睿答應了穆若桔，這段期間她不會有其他人，只好作罷。

再者，第一次約炮不但沒上手，還翻了船，這讓裴聿睿有些抗拒再次上交友軟體約人。

這次是自己上司，那下次會不會又是哪個舊人？思及此裴聿睿就覺得頭皮發麻，大概好一陣子都不會再打開交友軟體了。

裴聿睿深吸口氣，闔上電腦，拿起水壺起身離開座位時，忽然聽到穆若桔開了口。

「能幫我順便拿杯咖啡嗎？」

裴聿睿點頭，便離開辦公室走往茶水間。

一間公司的福利是否健全，往往能從茶水間略知一二。裴聿睿一直對公司的茶水間配置相當滿意，不但明亮寬敞且應有盡有。

同時，也時常在這聽到八卦。

「我聽說，今年年終可以有三個月！外加每人獎金五千！」

「真的啊？是有聽說下半年訂單湧進，但沒想到這麼多……」

裴聿睿一邊裝水一邊聽著不遠處的同事們正閒話家常，這才意識到將近一年之末，是可以開始關心年終與尾牙了。

關於年終，裴聿睿一直不擔心。除了自己用高強度的工作換來頗高的薪資外，她也有在投資房地產與股票買賣，公司年終不過是她投資配置的一環，不過，尾牙這事就玄了。

這公司什麼都好，就是存有員工表演的陋習。

倒不是每一個人都必須表演，年年都是用抽籤決定表演部門。去年是會計部門，結果簡直慘不忍睹；再前一年是行銷部門，大放異彩，上頭很開心，當場給每個人一萬元紅包。

至於今年呢？大抵名單近期就會出來了。

裴聿睿按壓出水鍵，再走到一旁咖啡機煮了一杯濃縮美式，不加糖不加奶精，是穆若桔的標配。

一會，裴聿睿便一手拿水壺，另一手拿著滾燙的咖啡走出茶水間，邁往辦公室。

而在裴聿睿走近辦公室時，意外見到有個人從辦公室走出。她定眼一看，從背影認出了那人身分，不由得感到疑惑——那不是……人資部主任嗎？

走進辦公室後，裴聿睿先將水壺放到自己桌上，再拿著那杯咖啡走到穆若桔桌旁。

放下咖啡杯時，裴聿睿看了穆若桔一眼，四目相交，但最後她什麼也沒說地回到自己座位上。

在見到裴聿睿轉身的剎那，穆若桔不由得鬆口氣，卻也隱隱地感到些許悵然。

即使兩人的關係已不一般，裴聿睿還是不會與自己多說幾句話嗎？

被人放在心上無聲惦念的裴聿睿，自然沒有感覺到身後那人千迴百轉的思緒，只當自己是下屬，做好該做的事即可。

縱然有那麼一瞬間她想開口問穆若桔，關於人資部主任的忽然到訪，但最終仍未問出口。

裴聿睿從來不過問關於穆若桔的事，公事、私事都是一樣，這樣的態度與原則並沒有因為兩人睡了一覺而有所改變。

意識到這個事實，讓穆若桔感到煩躁不已。

懷著迥異心思的二人就這麼沉默無聲地度過工作日，而穆若桔也極為罕見地在六點準時下班，甚至先裴聿睿一步打卡。

「先走了。」

裴聿睿正埋首於工作間，聽到穆若桔的聲音立刻抬起頭，看著眼前拎著公事包的上司有些怔然，遲疑地點了下頭，便見自家工作狂上司難得準時下班，離開了辦公室。

這是怎樣？

裴聿睿想了一下，沒想出個所以然，乾脆不想了，繼續處理公務。

而另一邊的穆若桔則是在走出公司後，腳步加快，拎著公事包的手微微收緊，生怕自己弄掉什麼似的。

回到車上，穆若桔打開車內照明燈，從公事包拿出一份文件，立刻速覽一遍，臉色愈漸凝重。

半晌，穆若桔深吸口氣，將文件塞回包包裡，決定回家後再看其餘細節。

裴聿睿……

穆若桔握著方向盤的手微微捏緊，利索地將車開出公司停車場，朝著家中駛去。

一路上穆若桔都在想，到底是自己的直覺太準確？還是她的眼光太獨特？

哪個人不喜歡，偏偏喜歡了一個扮豬吃老虎的小渾蛋。

ღ

時近七點，裴聿睿闔上筆電，在無人的辦公室中伸個懶腰，結束了一天的工作。

裴聿睿將待辦事項再次確認一遍後，便整理隨身物品，打卡下班離開辦公室。在向下的電梯途中，裴聿睿看了眼手錶，猜想室友符桑應該還沒回家。

今天是符桑跟房東約看房的日子，晚上看房再加上通勤時間，應該尚未到家才是，於是裴聿睿決定回家前先去買晚餐。

裴聿睿走到專賣低GI便當的健康餐館前，隨著人潮排隊點餐。等了會，忽然聽到有人從旁叫她。

「這不是裴祕書嗎？」

聞聲，裴聿睿往旁一看，見到了行銷部的同事，她便點頭打個招呼，不料，對方的反應要比她所想的更熱情。

「恭喜妳耶！裴祕書！」

「……恭喜？」

裴聿睿頓時有些疑惑，她有什麼值得恭喜的？對方見到裴聿睿眼中的疑惑，不禁感到訝異，略帶保留地說：「咦？妳不知道嗎？」

「知道什麼？」

聽到裴聿睿的反問，對方心驚了一下，覺得自己是不是太多嘴，但她也沒膽吊穆總的祕書胃口，直接道：「就，下班前……那個尾牙表演的名單出來了……」

裴聿睿的心咯噔了一下，立刻低頭拿出手機打開公司群組，便見到群裡公布一張名單，而名單上明載著「祕書特助組」五個大字。

「……」

裴聿睿在內心咒罵無數遍，頓時了解為什麼對方剛才笑容有些揶揄及看好戲，她嘆口氣，無奈地跟對方閒聊幾句後，便上前跟店家點了晚餐。

真是讓人胃口盡失的壞消息。

萬年沒有被抽選到的祕書組，偏偏在她擔任穆若桔祕書的這一年被抽到，裴聿睿都覺得自己是不是該去安太歲了？不然怎麼這祕書當得好好的，就這麼約炮一次約到了自己上司，爾後年末尾牙再被抽到要表演！

裴聿睿提著餐點回到公司地下停車場，上車後，就把本該讓人胃口大開的食物隨手扔在副駕駛座，開始思索起自己是不是現在辭職比較快？

「唉……」

裴聿睿正萌生辭職的心，手機便傳來群組邀請。她拿起一看，是公司的另外幾位祕書與特助，而這群組名稱特別符合裴聿睿的心情：同為苦主們。

好吧，至少她不是自己一個人表演，還有幾位受害者相陪賣蠢，裴聿睿覺得心情好點了。

而這「祕書特助組」其實也不大，包括裴聿睿在內就五個人，分別屬於某高層身邊的祕書或特助，而就位階上來說，裴聿睿所跟的穆總最大。

平日在公司裡，除非是特定會議，基本上五個人不太會有密切接觸，所以群聊也特別生疏，但終是約好了午餐聚會，相約討論尾牙表演內容。

那時的裴聿睿多少揣著僥倖心理，想著當天聚餐肯定要裝死到底，但她沒想到，薑還是老的辣，自己竟會被坑一把……

人是不是只要一衰就會一直衰下去？

ღ

回到家沒等到符桑，卻等到一通電話的裴聿睿，在勉強掛上電話後不禁這麼想。

室友符桑要比她所想的晚些回家，這不打緊，要緊的是當她一踏進家門，萬年不響的家用電話忽然鈴聲大作。

裴聿睿便有很不好的預感。

接起電話的剎那，她果真聽到那遠在偏郊過著輕鬆退休生活的二老，用著宏亮得不可思議的聲音，對著話筒嚷嚷：「睿睿啊，吃飽了沒？」

這肯定沒好事……裴聿睿忍住掛電話的衝動，應道：「飽了，飽到不能再飽。」

「唉唷！晚上吃那麼飽，妳胖了多少？」

「……」裴聿睿扶額，哀怨地想真的是親爸與親媽，對女兒沒在手軟的。

「啊妳是『一個人』吃晚餐嗎？」

聽出話語中的蹊蹺，裴聿睿眼神死，一臉厭世。她就知道這電話肯定不只是關心她是否安好，還有催對象的用意。

裴聿睿正想著掛電話的理由，便聽到彼端的親爸親媽嘮嘮叨叨地繼續說：「妳看妳自己一個人，都要年老色衰了。」

……不是，我不過快奔三而已好嗎！

裴聿睿聽得差點沒吐血，一直以來她的課業心與事業心都遠比談戀愛要強許多。說她非常人也好、是個奇葩也罷，比起戀愛，她的性子更加地好強與喜愛競爭。

但這並不代表她的心從未動搖過，不然……她也不會一時失序，做出了人生中最錯誤的決定之一。

聽著裴聿睿打迷糊仗，裴家兩老一時有些氣憤地說：「今年過年妳要是沒帶對象回來，就給我乖乖去相親！」

語畢，通話隨即切斷，那嘟嘟聲彷彿在嘲弄裴聿睿，讓她感到頭疼不已。

男人四十不婚是黃金單身漢，憑什麼女人近三十沒對象就是年老色衰？

裴聿睿雖然氣惱，但知道父母只是擔心自己，於是憤怒轉為壓力，壓得她喘不過氣。

這也是她當初會約炮的原因之一，雖然不是主因，也是種推波助瀾。

裴聿睿原本想，如果第一次約炮就上手，或許可以跟對方打個商量，協議過年陪自己回家一趟，是純粹的利益關係，不帶有任何私人情感。

她的如意算盤打得喀喀作響，不料後來算珠掉落滿地，啪啪地打了自己的臉。

思及此，裴聿睿覺得人生好難。

而覺得人生好難的，不只有裴聿睿，另一邊的穆若桔也是。

穆若桔回到家後，坐到沙發上拿出在車上速覽一遍的文件，開始細細翻閱每一項文字。

對於自己的下屬，穆若桔一向是抱持著「用人不疑，疑人不用」的原則，不去探究對方的過去，只著眼於現在的成就。過去是金是銀都不重要，重要的是現在。

所以，即便她曾被柯璇茵背叛，她也沒有因此就對每個人都疑神疑鬼，對裴聿睿自然也是。

而這次，穆若桔也是思考許久，才讓人資部主任蔣婼亞，也是自己推心置腹的閨密好友去查裴聿睿。

傳訊息給裴聿睿的敵對公司執行長，應該說，是新任執行長卓璟妍。她的上任早已有伏筆，在兩年前就謠言漫天，但到了今年才正式上任罷了。

那麼，卓璟妍為什麼會傳那種訊息給裴聿睿？

就穆若桔對於裴聿睿的淺薄認識，她知道裴聿睿曾在大四開始企業實習，當時也是選任業內一間知名企業，並以優異的成績結業，順利拿到實習時數證明。

走體制內的事情都可以輕易查到，難的是體制外的，本人刻意抹滅的——

例如，裴聿睿從來不是基層「裴專員」，如此而已。

穆若桔將文件甩到桌上，深深地吸口氣，再沉沉地嘆口氣。她知道自己的直覺一向挺可靠，但這一次，她總希望是自己多慮。

可蔣婼亞呈上的報告中，明載著令穆若桔有些失魂的事實。

難怪，那時候的蔣婼亞，要在只有她倆的辦公室，輕輕落下那一句話：「妳與裴聿睿……關係有密切到需要了解至這程度嗎？」

那時的穆若桔一笑置之，認為不過是自家閨密太過謹慎，本不當一回事，在收下遞來的文件後，便讓蔣婼亞離開。

穆若桔一邊隨意翻覽，一邊想著裴聿睿近日的泰然自若，狀似她倆什麼都沒有發生似的。

本以為終於跟小祕書有了一大進展，睡一覺後什麼都好辦，可沒想到……約炮不是生疏關係的結束，而是糾結的開始。

或許，真正的冰山從來不是自己，而是多年來只露出小小一角的裴聿睿。

ღ

有句俗諺是這樣說的：「三個女人一台戲。」而裴聿睿認為，四個女人再加上一個男人，可就不只是一台戲，而是一齣堪稱世紀大作的莎士比亞劇。

午餐時分，幾位平日不常碰頭的祕書與特助全聚在此。要不是知道彼此都是尾牙表演的苦主，大抵會認為在商討什麼公司機密。

然而，他們談話內容，是從自我介紹開始的。

「我先說，我只會彈吉他喔。」

其中最為年長、年資最深的男祕書率先發話，自顧自地說道：「很不幸今年是由我們幾個被抽到……我想大家都不是行銷那派的，再者時間有限，我們儘速解決吧。」

時間就是金錢，這是在場每一位祕書、特助奉行的行事宗旨，其他人紛紛點頭附和，聽著那位祕書繼續說：「我們簡單、直接一點，我只會彈吉他，其他什麼都不會。」

局勢直接扭轉到音樂方向，話題的方向也是，另一位女特助跟著接話：「樂器的話，我會鈴鼓跟三角鐵。」

等一下！這兩樣算是什麼才能嗎！身為在座年資最淺，保持著冷漠外皮的裴聿睿只在心裡默默吐槽，沒膽直接發話。

而不發話的下場，就是被人搶下話語權。

「我家開服裝公司的，可以提供大家服裝。」第三名祕書如此說道。

等一下？這發展怎麼好像有點不妙——

「我會彈鋼琴喔！」最後一名女特助先裴聿睿一步開口。

話落，四人同時看向裴聿睿，裴聿睿頓時頭皮一麻，萌生非常不好的預感。

「裴祕書，妳就負責唱歌吧？」負責吉他的男祕書說。

「……啊？」

「對對，這主意挺好。」其他人忙不迭地附和，給予裴聿睿肯定的眼神，「裴祕書可是穆總身邊的人，肯定能做得很好的。」

……等一下，這有關聯嗎？

裴聿睿不禁恨起自己尚淺的年資與遲疑，讓她落入這般田地。

現在她要是說不，就是壞了所有人的興致，會被貼上「不合群」、「耍大牌」的標籤，可客觀來說，沒人問她願不願意啊！

但出了社會以後，本就很多事情都是身不由己，再加上……這也關乎穆若桔的聲譽。

眼下，裴聿睿雖心有不滿，但還是硬接下這爛攤子，點點頭答應，不去深究眼前四人暗自串通的可能性。

裴聿睿告訴自己，她不是不為了自己出頭，而是看在穆若桔的面子上，把這事答應下來。

既然答應了，就要做到最好。

除裴聿睿外，另外四人聊得歡快，一面揣測上意喜歡哪首老歌，一面提議全體的表演服裝。而裴聿睿只有在旁陪笑的份。

唱歌嗎……

距上次上臺唱歌，已經是十年前的事了。

那時的裴聿睿，一身陽光晒過的純白制服，有著一顆無畏純粹的心。十年前的她，絕對想不到十年之後的自己，一身端莊正式的西裝窄裙，面上冰雪常駐，冷淡厭世。

倒不是對於生活周遭有所不滿，而是，一切都很好。旁人欽羨的高薪、興趣範圍內的工作，以及福利良好的大公司……這些，都讓裴聿睿挑不出缺點。

一切都很好，只是她終歸沒有成為年少時理想中的大人。

她還是長大成一個無趣的大人，在結束學生生涯之後。

手握麥克風，無懼地頂著豔陽在簡陋的操場上，後面伴著青澀稚嫩卻有無比熱情的樂團，高聲地歌唱青春。

而那段青春裡，寫著一個人的名字……

「裴祕書？」

一道低沉的喚聲拉回裴聿睿的注意力，她回過神，為自己的恍神道歉，隨之接受了眾人討論出來的結果，最後散會。

裴聿睿輕吁口氣，隨著前輩同事們走出會議廳後，直往辦公室走去。走到辦公室前，裴聿睿輕吁口氣，調適心情後才推門而入。

聽到門口聲響，穆若桔抬起頭，見到裴聿睿的第一眼，不禁問：「怎麼了？發生什麼事了？」

裴聿睿一頓，有些訝異。她自認是善於隱藏情緒的人，可沒想到竟被穆若桔一眼望穿，她甚至連藉口都還沒能想好。

裴聿睿不說話，穆若桔便當作是默認。她微抬眉梢，「我有聽說妳今年被抽到尾牙表演。」

話落，裴聿睿臉色沉了一些，真是哪壺不開提哪壺。裴聿睿坐回自己位子上，語氣冷涼：「您真是冰雪聰明、神機妙算，隨便一說就中了。」

穆若桔輕笑一聲，小祕書這是不開心到跟自己撒氣？她無視裴聿睿的不高興，繼續不怕死地捋小祕書的虎鬚，「那麼，妳要表演什麼？」

裴聿睿翻個白眼，語氣微沉：「幹麼告訴妳？」

「憑我是妳上司。」

「……」裴聿睿被噎了一把，瞇了瞇眼，不情願地老實招道：「唱歌。」

「唱歌？」穆若桔本想繼續追問，但見小祕書臉色難看，總覺得再問下去好像有些危險，於是暫且打住。

反正，尾牙上總是能見著的。

短暫的對話結束後，穆若桔站起身，走向門口。欲開門離開前，她回頭朝裴聿睿說道：「我去找蔣主任開會，晚點回來。」

話落，穆若桔便頭也不回地離開辦公室，因此錯過了小祕書眼中一閃而逝的欲言又止。

見近日穆若桔頻頻私約人資部主任蔣婼亞，令裴聿睿不禁想，到底……發生什麼事了？

ღ

「妳心情不好嗎？」

聽見室友符桑的問句，裴聿睿愣了下，放下手中的平板不解地望向室友，「怎麼說？」

符桑上下看了眼裴聿睿，略遲疑地說道：「嗯……感覺妳有心事？」

確實也沒錯。裴聿睿是有些心煩意亂，近日雜事繁多，但性子問題使她不善於傾吐。

這點，作為多年好友的符桑是知道的，於是她改道：「工作不順利嗎？」

當開放性的問答限縮成特定範圍時，開口便顯得容易許多。在符桑的循循善誘下，一向是悶葫蘆的裴聿睿將近期發生的事都給說了一遍。

語畢，符桑不禁瞠目結舌，沒想到事情竟是如此。

「總是會解決的。」裴聿睿輕吁口氣，心事說出口後感覺好多了，「除了擊敗上司那一塊。」

符桑噗哧一笑，實在摸不清裴聿睿到底是喜歡上司？還是不喜歡？但能肯定的是，裴聿睿並不討厭。

就符桑對她的認識，裴聿睿真討厭一個人，表現絕對不是如此。說來與裴聿睿相識多年，符桑也就見過那麼一次。

那一次，裴聿睿盛怒的模樣，符桑每每想起仍舊不寒而慄。

見裴聿睿心情轉晴，不再周身低氣壓，符桑才提起自己的事：「我最後決定搬去跟老師住了。」

裴聿睿微抬眉梢，點點頭。

這意味著符桑暫住在這的日子要結束了，一時之間，裴聿睿也說不上來是好還是壞。她長年都是自己一個人住，這次是因為符桑的工作需要找房子，而裴聿睿主動伸出橄欖枝。

雖然只是一陣子的事，卻讓裴聿睿體會到過去未曾有過的，與人同住的生活。

其實，感覺並不壞。

但裴聿睿並不會感到不捨，也祝福好友之後新居一切順利，尤其是與自己的高中老師同住這事。

裴聿睿想，那或許是符桑的心之所向。

簡單敲定了搬家日，以及其餘事宜後，裴聿睿便抱著筆電回到自己房間。

剛踏進門，裴聿睿便聽到放在床上的手機嗡嗡作響。她三步併作兩步地連忙拿起手機，來電人是擊敗上司，遲疑了下，還是接起。

「喂？」

「不好意思，裴祕書——」

這不是穆若桔的聲音。

裴聿睿一顆心跟著懸起，繃緊神經，將那人的聲音扔進自己的資料庫快速搜尋，在想到的一瞬間，雙目圓睜。

「——蔣主任？」

「是，不好意思，是我。」蔣婼亞的話音急促，背景音嘈雜，似乎在大馬路旁。

「那個……狀況有點複雜，總而言之可以麻煩妳來接穆總嗎？」

「……」

「這裡是——」

不待裴聿睿從震驚中回過神，蔣婼亞自顧自地報了一串地址與一間店家名，而裴聿睿反射性地記下所有資訊，那是身為穆若桔祕書該有的基本技能。

等電話掛上後，裴聿睿哎了一聲，腦中一片混亂。雖然滿腹牢騷，但終究是拿了車鑰匙往房門外走。

真的是，麻煩死了。

♡

待掛上電話後，蔣婼亞輕吁口氣，撥了撥自己的波浪捲髮，轉身走回店內。

角落吧檯桌前的高腳椅上，有個女人肆無忌憚地喝著酒，而蔣婼亞朝那人走去。

「嗯？回來了？」

感覺到周身有人接近，已嚥下幾杯調酒的穆若桔手端調酒杯，側過頭，神態慵懶愜意。或許是濃烈酒精下肚，使得那張清冷精緻的面容染上幾分溫柔嫵媚。

這或許在男人眼裡無比誘人美麗，可在直女面前就是一件麻煩事。

蔣婼亞伸手彈了下穆若桔的額際，一邊抱怨道：「拜託妳把女性賀爾蒙收起來，妳都不知道有多少蒼蠅想飛過來。」

話落，她將手機悄悄放回穆若桔的包包裡，不著痕跡。

穆若桔輕笑一聲，仰頭飲盡杯中調酒。昏沉之際，媚態更甚。

單手扶額，穆若桔揉揉被輕彈的額頭，本想再舉手點一杯shot，但被蔣婼亞噬人般的眼神給勸退，癟癟嘴。

蔣婼亞看了眼手錶，心裡一面估算小祕書到這所需的車程，一面坐到穆若桔的對面，低聲勸道：「我雖然說妳今天可以放縱，但不代表妳可以飲酒過量。」

穆若桔不置可否地微抬眉梢，眉目間滿是風情。

「『放縱』與『過量』往往是綁在一起的。」

蔣婼亞被這謬論堵得語塞，懶得跟穆若桔爭辯，扛起暫職保姆的責任，盯著穆若桔不被外人撿走。

酒精是催化劑，也是一面明鏡。

一個人的本性遇上酒精總能顯露一二，再冷靜自守的人也難以招架。

而對穆若桔來說，久違的小酌顯然效果加乘。那晚與裴聿睿同飲的紅酒，對穆若桔的酒量來說與飲品無異。

酒精濃度在四十度以下，對穆若桔而言都是無感的——一般來說是這樣。

距上次飲烈酒已有一段時日，且當胸口積鬱一片時，酒精便是很好的催化劑。

那些令人無力的、煩躁的、惆悵的事，藉著酒精一同下嚥入肚，令人微醺而坦率。

「……我說我喜歡她，她怎麼就不當一回事呢？」

蔣婼亞靜靜看著眼前的閨密好友，聽著穆若桔酒後難得的柔軟與放鬆，口中呢喃如囈語。

「我也知道我急躁、我躁進，可我覺得，要是我不把握住這個機會，我不知道要再等幾年……」

額際傳來的疼痛讓穆若桔微微瞇起眼，她自顧自地說著話，蔣婼亞便安靜聽著。

穆若桔要的，不過是可以盡情傾訴的對象。對於自家閨密的沉溺，她是有些訝異，但感情與心動這事，本就不講道理。

丁鈴噹啷。

那是門上風鈴被推開時發出的清脆聲響。蔣婼亞回頭往門口方向一望，便與裴聿睿對到眼。

見到裴聿睿出現，蔣婼亞心裡真正地鬆了口氣。她其實有點擔心，裴聿睿不會出現。

蔣婼亞站起身，本想直接走向裴聿睿，但腦中有個想法快速閃過，使她側過身，改走到穆若桔旁邊。

裴聿睿不敢說自己是風風火火地趕來，事實上，她是有些不甘情願，甚至想裝死不來，但總覺得放心不下。

穆若桔很少失常。

基於此，裴聿睿便來了。也因為來了這趟，見到穆若桔的身上披著不屬於自己的小西裝外套——那是一件與穆若桔毫不相襯的桃紅色。

以及，放在穆若桔雙肩的手。

「抱歉，裴祕書，我晚點有事，不方便帶走穆總，所以只能打給妳了。」

裴聿睿見到蔣婼亞臉上優雅迷人的微笑，想起公司內部這麼口耳相傳著——

公司有三大美人，一是穆若桔，二是蔣婼亞，三是……

「我把穆總交給妳，沒問題吧？」

隨意搭在肩上的手，那指尖若有似無地撫弄穆若桔裸露的鎖骨，兩人的關係看上去密切又親暱。

——彷若女主人之姿。

映在裴聿睿的眼底時，令她不禁覺得……有些扎眼。

第四章

保姆與祕書真是一線之隔。

酒吧距裴聿睿家並不遠，車程約二十分鐘。在這二十分鐘裡，車內寂靜無聲，氣氛凝滯。

倒不是裴聿睿刻意保持靜默，只是穆若桔喝得爛醉，正在副駕駛座不省人事。

裴聿睿原本想把她隨便扔在某一間旅館就拍拍屁股走人，但見穆若桔這醉後的柔態，難保她不會做出什麼出格的事，或是，有誰對她做些什麼。

於是方向盤一轉，裴聿睿便朝著自家駛去。

該怎麼跟符桑解釋呢……想到符桑見到上司時會投以怎樣的打趣眼神，裴聿睿覺得頭痛不已。

怎麼就不晚一點醉倒呢？如果在符桑搬出去住後——

不對，裴聿睿忽然想到穆若桔那沒分寸的行為，想想有個人在家也好，穆若桔大概就會乖乖睡在沙發上，不敢輕舉妄動。

「嗯……」

忽地，副駕駛座傳來細微的呻吟聲，裴聿睿看了穆若桔一眼，見她眉頭深鎖，似乎不太舒服似的，嘆口氣，方向燈一打，車停在一旁的路邊攤前。

「我下車一下，別亂動。」

話落，裴聿睿便開門下車，鎖好車門後朝著小攤走去。

在車上的穆若桔聽到車門上鎖的聲音後，幽幽地睜開眼，有些失神。好暈。

昏沉的腦袋，使她的思緒運轉要比平常來得慢上許多，唯一可以肯定的是，裴聿睿會來這趟，肯定與蔣婼亞脫離不了關係。

見到裴聿睿，穆若桔心裡是歡喜的，卻又感到氣惱。

別人都說自己是冰山，碰都碰不得，可穆若桔覺得，真的疏遠外人的，是裴聿睿。

頭靠車窗，夜色下的那盞路燈光線昏黃，將裴聿睿在不遠處的身影拉得細長。

裴聿睿的個子要比自己矮一些，或許是長年有健身習慣，使她的身形看上去並不單薄，穠纖合度，尤其是那對大小適中、形狀好看的雪乳，摸一次就讓人愛不釋手。

真不知道裴聿睿到底在想什麼。

裴聿睿像一片濃霧，好像什麼都有，也好像什麼都沒有。她給人節制、紀律的印象，可穆若桔也見過她的柔媚與倔強。

真的是讓人愛不釋手、割捨不了的小冰塊。

嗶嗶兩聲，上鎖的車門打開，穆若桔閉上眼，聽著駕駛座上的騷動，以及一股清湯香氣竄入鼻尖。

「妳真的是，很麻煩。」

裴聿睿當穆若桔仍在昏睡，一邊開車駛回道路一邊抱怨：「有本事喝酒就不要在外面喝醉啊。」

穆若桔聽著，脣角微揚，動了動身體，那件披在身上的桃色小外套跟著滑落幾分。

裴聿睿瞥了一眼，空出右手將外套拉高，再調高車內溫度。

這些，穆若桔都感覺得到。

裴聿睿就是這樣，儘管嘴上抱怨著麻煩，但還是會默默去做。

碎念幾句後，裴聿睿便將注意力放回眼前車況下。她開車不敢不專心，卻也不禁想——如果不是蔣婼亞有事，那麼現在穆若桔會在哪呢？

……會在蔣婼亞家嗎？

對於蔣婼亞，裴聿睿只知道對方是人資部主任，至於私底下跟穆若桔的關係，裴聿睿並不知道，也從未好奇過。

——以前是不好奇的。

酒吧中蔣婼亞的笑容與眼神，讓裴聿睿不自覺感到在意。過去不曾上心與在意的，怎麼就在腦海中揮之不去？

……原來在那一晚後，還是改變了些什麼。

感覺到車停妥，穆若桔睜開了眼。

閉目養神片刻後，酒精造成的不適稍微緩解了一些。她往駕駛座望去，見到了裴聿睿不知道想些什麼的側臉。

她時常看著裴聿睿的側臉。

兩人的辦公桌隔一段距離，擺放位置呈L形，每當穆若桔有事要找小祕書時，抬頭望去先見到的，就是裴聿睿的側臉。

「睿睿。」

裴聿睿的心顫了下，回過神，轉過頭正要開口讓穆若桔別再那樣叫她時，一張雙頰泛紅的美顏在眼前急遽放大——

她的吻帶著酒精，一吻微醺。

稍長的劉海下，是一雙迷人漂亮的鳳眼。單手扣住尖削的下巴，另一手按住小祕書的後髮，深深一吻。因為反應不及而微張的嘴，讓那靈活溼熱的軟舌輕易探入，再纏上裴聿睿的，與之歡舞，那具侵略性的吻，無一不透露著貪婪與渴求。

纏上了，就捨不得放開。

過近的距離使彼此的鼻息相疊，灼熱而燙人。裴聿睿想起前陣子在那廁間中的一切。

如果當時柯璇茵不在外面，那麼兩人會到哪一步呢？

緊貼著裴聿睿的薄唇一下又一下地吮吻著，那本兩指扣住下巴的手，往下移。

放到了裴聿睿的大腿上。

酒精能催化許多事，包括對一個人的欲望。

在遇上裴聿睿之前，穆若桔並不覺得自己是重欲也縱欲的人，她對於許多容易讓人成癮的事都興致缺缺。

包括性愛、飲酒及吸菸，甚至是低害的咖啡因她都可有可無，甚至敬謝不敏。

可遇上裴聿睿、因為裴聿睿，她懂了何謂失控與貪婪。

穆若桔才明白，原來她是可以這麼喜歡一個人的——

「嘶。」

舌尖上傳來痛楚的剎那，穆若桔急促地吸口氣，因而放開小祕書的唇，往後退。

抬手伸舌一舔，穆若桔見到自己手背上有血絲，顯然是被咬了。

而咬人的，自然是正輕喘氣的裴聿睿。

「混蛋……」裴聿睿的手背擋在自己嘴前，防止某隻大野狼再一次親過來，也讓有些燥熱的身體緩和下來。

裴聿睿瞇了瞇眼，怒道：「看來妳根本沒醉啊，早知道我就隨便把妳扔在飯店，不載妳回來了。」

穆若桔彎彎脣角，自然是有醉的，但確實沒喝掛。她看向車窗外，注意到小祕書的家中二樓，有間房間亮著。

穆若桔倏地想起之前見過有人從小祕書家中走出，而她一直忘記問這件事。

「睿睿，妳跟誰住？」

「啊？」裴聿睿頓了下，別過頭，冷聲道：「關妳什麼事。」

「裴聿睿。」

裴聿睿嘖了一聲，被眼前的惡魔上司壓榨太久，服從成了她的反射性動作，而現在的裴聿睿莫名的

煩躁，顯然未從方才的情緒中緩過來。

於是，裴聿睿挑起語氣，隨意道：「我說——那是我女人，妳又能怎麼樣？」

車內的光線本就昏暗，隱在陰影中的穆若桔，神色似乎更顯陰翳。那望著車窗外的側臉，隨著話語落下，繃緊幾分。

「妳再說一次。」

緩緩轉過來的面容，僅瞥一眼，就讓裴聿睿的心裡為之一震。

車內的狹小空間，使得那人壓身湊近時捲來的風雪更為冷冽，裴聿睿被震懾得不禁往後退，貼上了車門。

「裴聿睿，告訴我，那是——」

喀。

話未完，車門先發出喀一聲，穆若桔的臉色也從沉色轉為驚懼——

「裴聿睿！」

砰。

那是車門被打開人往後倒的聲響。

剛才還是盛怒之下的穆若桔，她正想盤問的人，一瞬間就消失在視線中……往後倒在花圃中的矮叢上。

「……」

「……」

穆若桔爬到駕駛座上伸長脖子，往前探，就見到了矮叢上有個人不合時宜地倒在那。

「呃……妳還好嗎？」

裴聿睿躺在矮叢上，厭世地看著穆若桔，後唇角揚起詭異的弧度，開口道：「穆若桔，妳這輩子都別想碰我了，幹。」

ღ

客廳三人，尷尬相對。

其實符桑沒想過會見到穆若桔本人，更沒想到會是以這種形式見面。

左側小沙發上坐著正在喝解酒湯的穆若桔，符桑跟裴聿睿並肩而坐，自己也有一碗鮮甜的蛤蠣湯，那是裴聿睿一併幫她買的。

而裴聿睿的則是一碗四神湯，不過自進屋後，裴聿睿就沒有動過湯匙。

稍早之前，住在二樓的符桑自然知道裴聿睿在深夜出門，她雖然有些擔心，但也沒有多問，本想若過十二點裴聿睿還是無消無息的話，她再捎則訊息過去。

後來，在十二點之前，樓下傳來了動靜。符桑走出房門下樓，便見到了裴聿睿，以及……穆若桔。

其實符桑對穆若桔並不是完全不熟，她見過照片，也從裴聿睿口中得知一些關於穆若桔的事，所以

並不感到陌生。

可眼前這情況卻讓符桑感到尷尬不已。

穆若桔與裴聿睿之間的氣氛很微妙，而裴聿睿看上去不知道怎麼地……好像有點狼狽，符桑也在裴聿睿頭頂上發現幾片葉子。

……這是，跌到花叢裡是不是？

由於裴聿睿的氣場太過懾人，符桑沒膽問也不敢開口提，乾脆來個眼觀鼻、鼻觀心，假裝自己沒看見。

「我買了消夜。」裴聿睿走進門，一邊將手中塑膠袋放到客廳桌上，一邊冷冷地道：「還帶了一個人回來，希望妳不介意。」

「呃，不介意……」雖然符桑很想說，眼下介意的似乎不是自己，而是裴聿睿才對。

「妳好。」

跟在裴聿睿身後的穆若桔朝符桑點頭打聲招呼，後被裴聿睿按到了沙發上。

符桑是不知道兩人到底發生什麼事，但就表面上所呈現的結果來說，裴聿睿很不爽，而穆若桔……看起來倒是無事。

符桑移步邁往沙發，自然地坐到裴聿睿身旁，接過裴聿睿遞來的熱湯時道聲謝，便低頭喝湯。

好尷尬。

符桑很確定氣氛的凝滯是因為裴聿睿，而不是左側小沙發上的穆若桔。

符桑在喝湯同時，餘光頻頻瞄向穆若桔，內心不禁感嘆難怪裴聿睿曾說，穆若桔再擊敗也是公司的門面擔當。

穆若桔是真的長得好看。

她的五官深邃，只上一點淡妝就足以傾國傾城。那雙少見的微鳳眼，搭著高挺的鼻梁與一對薄唇，縱然不笑也是一處風景。

那拿著湯匙的手纖細修長，五指指尖乾淨，指節分明，低垂的雙眼能見到長長的睫毛，十分迷人。

或許是五官要比一般女性更深邃、更鋒利，搭上一身冷色調的裝扮，使她給人不易親近的氣場。

……難怪會被叫做「冰山」了。

「那，我今天要睡哪？」

對於符桑的視線毫不在乎的穆若桔，在熱湯見底之際，開口打破沉默，也不意外地得到冷颼颼的話語。

「睡地板。」裴聿睿不假思索地應道。

被夾在中間的符桑頓時覺得處境堪憂。左一個冰山，右一個冰塊，根本不需要開冷氣！

符桑默默往後縮，身體陷進柔軟的沙發椅背，最好是當她不存在。

穆若桔眉梢微抬，並不氣惱。明眼人都看得出來裴聿睿心情很糟，而稱得上是罪魁禍首的穆若桔自知理虧，清清喉嚨，放軟語氣說道：「剛才的事，我跟妳道歉就是了。」

剛才的事？曖昧不明的四個字讓符桑表情變得有些微妙，腦海中直接播映年度狗血大劇，外加煽情片的片段。

見狀，裴聿睿趕緊道：「好了，別說了。符桑，妳先上去休息吧。」

「咦？好……」符桑腦中小劇場被打斷，她站起身，就聽到一旁的穆若桔幽幽地道：「妳叫符桑啊……」

呃？符桑一臉懵，不明白這兩人的戰爭怎麼突然延燒到自己身上，而絲毫沒察覺到穆若桔字句中的戒備與敵意。

穆若桔還是很在意裴聿睿方才在車上說的話。

雖然符桑不明白發生什麼事，但直覺認為自己不該繼續待下去，於是灰溜溜地往二樓邁步走去，才走到半路，便聽到後方出現爭執聲。

「她叫什麼名字關妳何事？」那是炸毛中的裴聿睿的聲音。

「就憑我是妳上司。」穆若桔淡定應道。

這話顯然讓小祕書更怒火中燒，裴聿睿胸口積鬱一片，咬牙道：「我是妳祕書也不會管妳的私人行程。」

「妳可以管的。」穆若桔緩聲一邊道，一邊對裴聿睿投以深沉的眼神，「別把我跟妳混為一談。」

完蛋了……現在這兩人是要吵架嗎！站在不遠處的符桑不敢輕舉妄動，連大氣也不敢喘。

裴聿睿雙手抱臂，抿了抿唇，輕吁口氣後道：「……我不會管的。」

「妳不管我是妳的事。」穆若桔雙手放在大腿上，上身微傾，直看著小祕書，「但妳的事，我肯定管。」

裴聿睿別過頭，不去看穆若桔眸中清晰可見的情感。她抿著唇，神色緊繃，那戒備的樣子令穆若桔苦笑。

要鑿開冰磚的最好方式，大抵就是直接擊破吧——

「——例如，妳不只是K公司的裴祕書，還是M公司的裴經理，這件事。」

話落，裴聿睿雙眼圓睜，不可置信地看向穆若桔。

ღ

事實證明，人一旦開始走衰運，一定是禍不單行。

不遠處傳來「噠噠噠」的聲響，那是沒膽再待下去的符桑紛沓上樓的腳步聲，既急促又慌亂，像是裴聿睿自己的心跳聲。

縱然面上波瀾不驚，但裴聿睿知道，自己心裡是真有些慌了。

關於M公司的過去，裴聿睿確實有意隱瞞，甚至想抹滅，當作自己不曾在M公司活躍過。若是時間能重來，她絕不會進入M公司工作。縱然在那之後平步青雲、順利往上拔升，她都不會再次選擇M公司。

選擇有那個人的M公司。

在挺過人資與面試官，順利進入與M公司敵對的K公司後，裴聿睿一直很小心，不張揚、不狂放，安靜度日。

可夜路走多總會遇到鬼，跟上司太密切的後果就是翻船了。

「唉……」思及此，裴聿睿不著痕跡地輕嘆口氣。她知道這事遲早會被掀開，但沒想到是現在。

而坐在左手邊的穆若桔慵懶地斜倚沙發，一身愜意，單手支頭，微瞇著眼，狀若微醺。

可那雙美麗的眼睛，卻緊緊瞅著裴聿睿不放。

話語脫口而出後，穆若桔不得不承認自己也有些緊張，連她也沒想到，會這麼早提這件事。

這事說大不大、說小不小，可以弄得驚濤駭浪，也可以雲淡風輕，端看裴聿睿的態度。

穆若桔知道，自己大可息事寧人，或是睜一隻眼閉一隻眼，這事也就過了，可剛剛被小祕書冷淡的態度刺激了下，她穆總一個不開心，就這麼掀了底。

哎，比起掀人家的底，她更想掀小祕書的窄裙……

「……我明白了。」

聽到小祕書不合時宜的開口，穆若桔半瞇的眼倏地圓睜，欲說些什麼時，裴聿睿先搶了一步。

「我會帶著這個祕密進入棺材，不會介入穆總跟蔣主任之間的。」

「……蛤？」

穆若桔聽得一個歪身，險些跌下沙發。她忙不迭地坐正，又聽到裴聿睿沒來由地繼續接道：「您看是要我親自跟蔣主任掛保證，還是您幫我轉述？我明白主任意思了，這肯定是個威脅——威脅我離開穆總您。」

「……？」

由於沒料到裴聿睿的清奇腦洞會再次大開，穆若桔一時之間說不出話，怔怔地看著裴聿睿，而裴聿睿也就自顧自地當人家是默認。

剛剛數秒之間，裴聿睿的腦中上演一齣狗血大劇——就是那種被現金砸臉，逼迫女人離開自己兒子的劇情。

在穆若桔掀了M公司的事後，裴聿睿的小腦袋瓜便快速運轉，腦中資料庫立刻想到穆若桔近期與蔣婼亞交流頻繁。

於是，裴聿睿便非常合理地將這兩件事情串在一起，再加油添醋了一番，得出這麼一個結論——蔣婼亞愛穆若桔，於是跑去查小祕書的過去，查到了M公司的事，一狀告到穆若桔那，藉此要裴聿睿離職，離開穆若桔並保密她與穆若桔之間的祕密關係。

嗯，很合情合理，讚讚。

「妳給我等一下……」穆若桔回過神，腦門有些抽疼，她按著發疼的太陽穴瞪向裴聿睿，「妳的腦袋到底裝些什麼，又自己腦補了什麼……」

有鑑於裴聿睿在這方面有前科，穆若桔內心打個寒顫，就小祕書口中的幾句謬論，愈想愈不對勁。

叮咚。

那是裴聿睿的手機提示音。

兩人同時看向手機，裴聿睿本隨意瞥一眼，臉色倏地一變，眉頭微皺，抓起手機站起身。

「怎麼——」

「妳先跟我來。」裴聿睿一手抓著手機，另一手抓過穆若桔的手腕，匆匆道了歉就把人往二樓拖去。

穆若桔一頭霧水地跟著裴聿睿上樓，再莫名其妙地進了一間房間，被壓到了床沿上端坐著。

「妳待在這別出來。」裴聿睿面上流露平日少有的驚慌，縱然是方才被掀了底也沒有半點手足無措。

她是裴聿睿，是那個冷冰冰的小冰塊，也是那個令人摸不著頭緒的小祕書，她不該、也不會有這種驚慌失措的時候。

穆若桔還沒能抓住小祕書好好盤問一番，便見到小祕書手中的手機震動不斷，彷彿催促著些什麼。

裴聿睿嘖了一聲，搔搔頭，轉身就往門口走去。在打開門時，她特意轉頭再次對穆若桔叮囑「千萬別出來」後，才離開房間，快步下樓。

穆若桔環視了房間一圈，注意到數樣裴聿睿的私人物品，以及放在書櫃上的相框，才意識到……這是裴聿睿的房間。

穆若桔有些恍惚。她沒想過能進來這，就是死皮賴臉地到了裴聿睿家，也沒想到自己真能進來。

只是，進來的契機有些微妙。

穆若桔站起身，她撥撥頭髮走進浴室，掬一把水撲臉，讓自己徹底酒醒後，隱約聽到樓下有些聲響。

雖然裴聿睿千叮嚀、萬叮囑自己別出來，但是穆若桔可不是別人說一就做一的人，尤其那人還是裴聿睿，她更不可能乖乖聽話。

於是，穆若桔走出浴室，輕手輕腳地打開房門，走到走廊上，頭稍稍地往前伸，向樓下一看——

見到來人時，穆若桔呼吸一滯。

「……卓璟妍？」

ღ

人生好難。

在見到卓璟妍時，裴聿睿腦中冒出這麼一個想法。

飯可以亂吃，但炮真的不能亂約。

「妳想幹麼……」

卓璟妍一身剪裁合宜的褐色風衣，踩著低跟女靴，面上化著精緻妝容，搭著俐落且秀麗的短髮，看上去氣勢十足，外表惹眼。

但這些在裴聿睿看來，心中是毫無波瀾，甚至帶著幾分厭棄地道：「妳是大執行長，怎能紆尊降貴來我這小破宅？」

聞言，卓璟妍微不可察地蹙起眉，被人嘲諷的感覺很糟，但這個人是裴聿睿，所以對卓璟妍來說，沒關係。

於是，卓璟妍提著伴手禮，自顧自地走進裴家，再脫起靴子一邊道：「我剛好來這附近出差，順道過來看看。」

裴聿睿不置可否地揚起眉，想著該怎麼把人趕出去時，便聽到卓璟妍說：「……妳家裡有客人？」

裴聿睿的心咯噔了下，她很快地想到在二樓不知道有沒有安分待著的穆若桔，又想到暫住一陣子的符桑，心裡有了些底氣，淡淡道：「都我的鞋子，怎樣？」

「不對。」卓璟妍緩緩地挺直身子，目光如炬，「妳不會穿這種顏色的高跟鞋。」

裴聿睿隨著卓璟妍的視線望去，瞥了一眼，輕嘖一聲。

那高跟鞋確實不是她的，而是……穆若桔的。

裴聿睿煩躁地搔搔後髮，一把拿過卓璟妍手上的禮盒，「對啦，我朋友來這裡住一陣子，那確實不是我的鞋子——但這跟妳又有什麼關係？好了，妳的禮盒我收下了，回去吧，『卓執行長』。」

裴聿睿咬牙說的四個字，卓璟妍沒有漏聽，但她選擇無視裴聿睿，自顧自地走進客廳，很快地發現桌上有數個空碗，顯然有外人在這。

在二樓嗎？

卓璟妍欲往二樓望去，眼前忽然多了一張滿布冰霜的清秀面容，她一頓，往後退一步。

「妳，到底，想怎樣？」

要是平日家裡無人，或是只有符桑在，裴聿睿大有時間跟卓璟妍耗，可今天不行，就今晚不行——偏偏卓璟妍哪天不來，就挑今天！

縱然裴聿睿佯裝若無其事，但在卓璟妍看來，頗有幾分欲蓋彌彰的味道。而卓璟妍也在意識到這點時，心微微地抽疼了下。

是真有對象了嗎?卓璟妍不敢問,只敢臆測。她望著裴聿睿,打著不屈不撓的精神,揚起唇角,笑容可掬。

「我想到妳,所以過來了,沒毛病。」

那笑容或許在旁人眼裡優雅迷人,但在裴聿睿看來不禁打個寒顫。她摸摸手臂上起的雞皮疙瘩,滿臉難掩嫌棄。

但裴聿睿的表情,穆若桔是看不見的。

在看到卓璟妍時,穆若桔立刻側身站到牆柱後。她聽得見兩人的談話聲,但見不到背對她的裴聿睿的表情,只見到卓璟妍迷人輕鬆的笑容。

兩人肯定是熟識的——穆若桔從那封訊息便能略知一二,再之後查到裴聿睿曾在M公司工作過的事實,又令兩人之間的關係披上一層薄紗。

即使裴聿睿什麼也沒說,就卓璟妍想來便來的態度來看,兩人是不是……有更深一層的關係呢?

穆若桔倚靠冰冷的牆面,在暗處看著樓下,視線黏在卓璟妍身上無法移開。

好煩躁。

穆若桔閉上眼,眉頭微蹙。她並不想見到卓璟妍與裴聿睿待在一塊,但也知道自己不該貿然出現,兩種想法不斷拉扯,理智正強壓下衝動,不讓她露面。

穆若桔不認為裴聿睿會傻到留下卓璟妍,但她不知道某執行長願不願意離開。

「……卓璟妍,我跟妳無話可說,妳回去吧。」

那是一句明瞭的逐客令，聽來悅耳，可下一秒，穆若桔臉色不禁一僵。

「但我有話跟妳說。還是那句話，我認為妳跟著穆總是委屈自己——」

「如何委屈？懇請卓執行長賜教。」

完了。

小祕書雙肩一顫，來不及壓下卓璟妍，就被穆若桔出聲搶了先。話落，卓璟妍一臉不可置信，抬頭望向二樓的穆若桔，雙眼圓睜。

「怎麼……」

質疑的視線落到裴聿睿臉上，裴聿睿單手遮掩，頭很疼。那句話是過分了點，也真炸出了按捺許久的穆若桔。

既然人在現場的事實昭然若揭，穆若桔不藏了，愜意地走下樓，緩步走到卓璟妍面前。

卓璟妍的臉色很難看。

「唉……」裴聿睿一臉憋屈，眼下狀況要是等會發展成兩人打起來，她都不會感到意外了……

穆若桔往前站一步，頗有將小祕書護在身後的意味。她下巴微揚，話語帶著煙硝味。

「麻煩卓執行長再說一次，我家祕書跟著我，哪裡委屈了呢？」

卓璟妍好不容易回過神，瞇了瞇眼，雙手抱臂，並未有絲毫退卻。裴聿睿半身隱在穆若桔身後的模樣很扎眼，險些令她上前抓人。

卓璟妍輕吁口氣，壓抑微燃的怒氣，淡淡道：「我倒想問，哪裡不委屈呢？」

哇靠……裴聿睿在內心仰天長歎，這話簡直是下戰帖，等等兩人要是真互扯頭髮打起來，不知道能不能直播？

標題就寫「兩大知名企業總裁互扯頭髮！獨家播送！」不知道這點閱率能換多少錢？聽說影片賣給報社有上萬元獎金……

裴聿睿內心的算盤打得響亮，不小心出了戲，而那置身事外的模樣並未澆熄兩人之間的戰火，反倒吹起戰哨。

「我想，我家祕書要是跟著卓執行長才是委屈，不然，怎麼就逃到我這呢？」

面對穆若桔毫不留情地反擊，卓璟妍臉色一僵，視線移往裴聿睿臉上，有些語塞。

這是卓璟妍心中一輩子的痛。

眼看卓璟妍沉默不語，穆若桔便當作是自己勝了，手正牽起裴聿睿想帶人離開時，邊聽到卓璟妍悠悠說道：「穆總這麼愛護我家睿睿，不就是因為鄧祕書嗎？」

聽見卓璟妍說的話，裴聿睿下意識甩開了手，「……先讓我確認一下，接下來的劇情發展應該不是我想的那樣吧？」

此話一出，穆若桔與卓璟妍極有默契地齊看向裴聿睿，而穆若桔的表情深沉且微妙，卻是欲言又止。

很顯然地，穆若桔被裴聿睿的腦洞傷害頗深，一臉「妳又要供三小」，罹患PTSD的模樣。

裴聿睿往後退一步，戒備地指了指自家總經理，再對著別家執行長瞇了瞇眼，開口道：「就是小說裡常有的啊，誰是誰誰的替代品、愛對方是因為身上有別人的影子……」

裴聿睿說得愈多，卓璟妍的表情愈難以言喻。她揚眉看向穆若枯，發現對方用一樣的神情看著自己，於是她說道：「雖然很不想承認，但是……我覺得我們現在的想法可能是一樣的。」

穆若枯不說話，卓璟妍當她是默認了。她倆沉默地看著不知道在腦補些什麼的裴聿睿，那眼神看得裴聿睿背脊發涼。

「……怎麼？我覺得我的猜測很合理。」裴聿睿說道。

穆若桔揉揉眉心，追妻之路道阻且長，一路彎折。這個最終大魔王還會時不時地進化，或是變異，追妻搞得跟打怪一樣，心累。

「總之，不是妳想的那樣……」一時之間穆若桔也不知道從何解釋起，眼下最重要的似乎也不是這個，而是……

卓璟妍忽然覺得背脊一涼，往旁看，便對上一道銳利寒冷的視線，頗有幾分逐客意味。

但是，在現場的外人又不是只有自己！

「睿睿，」卓璟妍很快地決定忽略穆若桔，看向裴聿睿說道：「我是開車來的，妳要是覺得困擾，我可以替妳送客人回家。」

卓璟妍口中這個「客人」是誰，昭然若揭。穆若桔站在一旁，雙手抱臂，面上布滿冰霜，一語未發。

在旁人眼裡，卓璟妍的一言一行就是捋獅子的鬍鬚，讓人看得心驚膽戰，但當事人卻泰然自若。

這個當事人，也包括裴聿睿。

「我是覺得這提議挺好。」

此話一出，穆若桔立刻側頭瞪向裴聿睿，雙唇微啟，裴聿睿的下句先截斷了話音。

「但我不想錯過任何可以直播的機會——妳們要是半路上互扯頭髮而我錯過了，嗯，我會覺得很遺憾。」關於少一筆直播獎金的遺憾。

「……直播？」

卓璟妍疑惑地看著裴聿睿，不明白剛剛到現在哪裡提到直播來著？而在一旁聽不下去的穆若桔「哎」了聲，拉著小祕書直接上樓。

裴聿睿一面被拉著走，一面朝卓璟妍交代等等離開要記得鎖門，再後邊的話隨著房門關上一併關起。

「砰」一聲，裴聿睿便被壓在房門門板上，隨即不滿地道：「妳幹麼——」

「我才想問妳，這是怎麼回事？」穆若桔咬著牙，隱忍怒氣，壓抑著想把小祕書全身扒光的衝動，質疑道：「卓璟妍為什麼會在這？」

裴聿睿揚眉，指著穆若桔回道：「妳不也在這？」

「……」

好像很有道理。

「不是，我跟卓璟妍能比嗎？我是妳上司——」

「但這是我家。」裴聿睿撥開穆若桔撐在自己兩旁的手，走向衣櫃道：「我覺得自己仁至義盡了，祕書的工作可不包括接送酒醉上司。」

話落，幾件衣物扔向自己，穆若桔接住後拿起一看，是一件長版T恤與休閒七分褲。

「將就點穿吧，去洗澡。」裴聿睿說道。

穆若桔壓了下唇，實在沒有拒絕的理由，於是走往浴室，餘光瞥見小祕書欲開門離開，便問：「妳去哪？」

「整理客房。」話落，裴聿睿便直接離開，不給穆若桔反駁的機會。

穆若桔瞇了瞇眼，想了想，唇角微微上揚。

好啊，要這樣對我是不是？妳給我等著。

門外的裴聿睿自然不知道穆若桔那點幽怨，在走過符桑房門欲到客房時，符桑的房門半開了條縫。

「欸……發生什麼事了？」符桑小心翼翼地探出頭，左顧右盼，緊張兮兮的樣子讓裴聿睿有些哭笑不得。

不過仔細想想，剛才真的可以說是驚天動地，震撼商場的那種吧。在業界各據一方的K公司穆總與新上任的M公司卓執行長，兩大仇敵見面……確實頗精彩，而裴聿睿覺得自己無福消受。

真的是，招誰惹誰！

一時之間裴聿睿也難以跟符桑解釋事情全貌，草草說了幾句後就互道晚安，裴聿睿則是去整理客房。

一會，待棉被鋪好、枕頭放妥後，裴聿睿看了下時間，已經過去三十分鐘，穆若桔再怎麼拖拖拉拉應該也是洗好了，於是裴聿睿便走回自己房間。

手放到門把上，裴聿睿推開房門一邊朝裡面道：「穆若桔，妳洗好——幹！」

靠窗的床鋪上，溫柔月光照進房內，床鋪半邊是皎潔月色，另一邊，是不著衣物的美麗胴體，朝著門口，張開雙腿。

那修長白皙的手，正放在下腹下邊，隱入腿間。

仔細一瞧，隱約可見活潑淘氣的一抹水藍色正在白皙的肌膚上。意識到那是什麼，裴聿睿的臉色立刻一陣青一陣白。

「妳的情趣玩具，我給過。」穆若桔說。

第五章

遇上穆若桔，裴聿睿才知道，原來對一個人產生殺意是這麼容易的事。

別人不滿上司頂多想套個布袋，她不滿上司是想掐死對方，嗯，眼下情況可說是合情合理。

「What the……」裴聿睿簡直不敢相信眼前所見，然而，那一下子沒看著就亂來的穆若桔倒是泰然自若，拿起腿間震動的可愛小物，朝裴聿睿晃了晃。

那是個紅極一時的情趣玩具，鯨魚造型，圓頭小尾，模樣可愛，但震動起來是一點也不可愛。

裴聿睿覺得自己的腦門正在一抽一抽地，她默默關上房門，走進臥房內，再走到床邊，眼神自上而下地睨視床上的穆若桔。

「……問妳一句，我就靜靜不說話地看妳，尷不尷尬？」

「妳不說話我就繼續了——」

什麼節操、什麼矜持，碰上穆若桔簡直是笑話，裴聿睿沒這臉皮跟她比，在上司打算繼續「使用」前拉住她的手腕。

「……穆若桔，就妳這個性怎麼安然活到今天的？」裴聿睿真的懷疑這妖孽怎麼還沒被天收？

穆若桔的視線在裴聿睿臉上拂過每一吋，見到裴聿睿臉上的波瀾，穆若桔心情愉悅，自顧自地說道：

「妳不錯啊，選玩具的眼光好。」

「……」

裴聿睿深吸口氣，她一向相信人生中的各種事件都是上天的考驗，挺過去就好，但眼下這個劫難她不想擔！

裴聿睿一把奪過穆若桔手上的玩具，指尖觸感微溼，她的雙臂立刻起了雞皮疙瘩，隨手扔到一旁。

「我要澄清一點，」裴聿睿拉起棉被，使力將掉冰山人設的穆妖孽給裹住，咬牙道：「我、沒、有、用、過！」

穆若桔一臉不置可否，給了一個不失禮貌的微笑，裴聿睿瞇了瞇眼，再次揚聲道：「那是交換禮物抽到的，我拆是拆了但沒有用過！」

「噢，那妳放的位置剛好，跟吹風機同一抽屜。」

「……」小祕書覺得百口莫辯。

裴聿睿正決定話題結束在此，並放棄自己舒適的床改睡沙發結束今晚，才正往前邁開一步，手臂忽然被人拽過——

一晃眼，小祕書被拉到床上，也在身體沾上床鋪的那刻劇烈掙扎，「媽的，妳又想幹——」

「我相信妳，裴聿睿。」

平淡的語調宛若照進房內的月光，有些清冷，也有些不真實。裴聿睿停下掙扎，那放在腹部上的手微微使力，將小祕書從後圈緊。

「我如果向妳質問卓璟妍，絕對只會是私情，不會是公務。」

好聞且熟悉的沐浴香淡淡地包裹住裴聿睿，縈繞鼻尖，隨著呼吸一絲絲沁入心脾，竟讓人安定下來。

穆若桔在後抱住小祕書，下巴靠在裴聿睿肩上，埋在柔軟馨香的頸窩，繼續低道：「我會等妳自己告訴我，到底是怎麼回事。」

被抱著的裴聿睿低下眼，身體放鬆，或因熟悉的沐浴乳香，或因溫暖的體溫，又或者是，她知道穆若桔不會傷害自己。

儘管穆若桔是擊敗人，裴聿睿也不得不承認，她是一個不可多得的好上司，還有，在這人眼裡見到的情感，有時候會讓裴聿睿真的相信，這些都是真的。

而這樣的溫情，也讓裴聿睿少了警覺心，忘了提心吊膽，還有，穆若桔從來不是吃素的——

一個天旋地轉，裴聿睿被壓到正面，兩腿間多了一條長腿限制活動，裴聿睿正想出聲，雙唇便被吻住。

「唔……妳！」

後邊抗議的話，在交疊的柔軟雙唇中失了聲。那個吻又急又快、又深又重，急促的呼吸灼熱，鼻息重疊，分不清彼此。

撐在小祕書兩側的手，一把抓住想推開自己的雙手。她將裴聿睿的雙手拉高至頭頂，單手輕鬆地扣壓兩手手腕，不讓身下的小祕書脫逃。

在聽到裴聿睿被吻得喘不過氣而發出的嗚咽聲時，穆若桔才稍稍退開身子，炙熱深沉的黑眸自上而下，凝視雙頰泛紅、呼吸急促的裴聿睿。

穆若桔頓了下，吻過後的溼潤雙唇微啟：「我說不追問，不代表我不在意。」

染上情欲的嗓音低啞，裴聿睿怔了下，失神的片刻讓那溼熱的舌舔上自己極為敏感的脖頸，瞬間渾身酥麻，胸口發癢。

「妳……」

「如果不是要我繼續，那就呻吟就好。」穆若桔撥開細軟的髮絲，輕輕吻上小巧可愛的耳垂，雙唇含上耳垂的瞬間，她立刻感覺到裴聿睿渾身一顫。

穆若桔彎彎唇角，以姿勢優勢壓住裴聿睿不讓人逃，再伸出舌尖，順著耳廓緩慢地舔拭。

「不……妳、不……」

不要這麼舔——裴聿睿發現自己的聲音細軟而柔媚，後邊的話，是再說不出口。

脖頸、耳朵——那是那個夜晚裡，穆若桔注意到的，關於小祕書的弱點與敏感帶。

而眼下，她便抓住了這個機會。

本扣壓雙手手腕的手也悄悄鬆開，改放到裴聿睿的側腰上，自上而下，順著毫無贅肉的腰線往下撫摸，再自衣襬伸了進去……

欲望是極深的海。

撫過之處，星火燎原。房間溫度升高，彼此的體溫也是。那修長白皙的手，指節分明好看的手指，沒有一絲的猶豫，摸上胸口，順著胸前起伏的弧度細細摩娑。柔軟的乳肉手感綿密，掌心能感覺到小小乳果的挺立，以及呼吸的急促。

好喜歡。

兩指不期然擰上乳尖的瞬間，裴聿睿呼吸一滯，本該溢出的呻吟，止於輕咬下唇的唇齒間。

太惱人了，這情況。穆若桔低下頭，湊近身下的裴聿睿，額靠額，望進對方的眼裡。

染上情欲的眼睛，仍舊如此澄澈，眼裡泛著一絲柔媚。

情不自禁地吻上雙唇的瞬間，穆若桔閉上眼，掩去那令人耽溺其中的黑眸，目光炙熱、深沉，是極深的夜。

是讓人難以抗拒、無法招架的欲夜。

壓抑的呻吟甜膩而破碎，在雙唇的交疊無意間洩漏，聽著悅耳，下腹的燥熱令人難耐，乳上的手指輕快挑逗，指尖正在撫弄已然硬挺的乳尖，每一下的撩撥都是在擊潰理智。

不應該這樣。思緒遠比身體更理性，但總逃不過淪陷。在穆若桔稍微拉開距離，被吻得頭昏腦脹的裴聿睿立刻大口呼吸，還沒緩過神，平坦的腹部上被人跨坐。

裴聿睿隨意瞥了一眼，卻失了神。

跨坐在腹部上的她，慢條斯理地拉高自己的上衣，隨意扔到一旁，再彎下身，一張過分好看精緻的臉蛋湊近裴聿睿，唇角微揚。

「替我解內衣也是祕書的工作之一，希望妳不會笨手笨腳。」

含笑的嗓音似嘲弄、似調情，裴聿睿咬了咬牙，忽地雙手攀上穆若桔裸露的肩膀，一用力，兩人順勢調了位。

「我何止會解內衣。」

被反壓的穆若桔也不掙扎，反倒怡然地躺在床鋪上，頭微昂，輕鬆的視線自下而上，望著身上的裴聿睿。

「是嗎？」

裴聿睿瞇了瞇眼，低下頭，吻上白皙的脖頸。穆若桔瞇起眼，手摸上小祕書的後髮，輕輕撫摸一邊輕道：「輕點。」隨即感覺到那吮吻的動作輕柔許多，多了幾分麻癢。

「嗯……」

輕輕的呻吟在感覺到唇貼上自己耳際時，沒忍住地溢出唇邊。她感覺到那手正在身上遊走，有幾分試探，也有幾分僵硬。

是裴聿睿呢。

穆若桔左手撫上裴聿睿清秀的面容，另一手隨意放在一旁，兩人相視，雙唇再次吻上。

親吻之間，裴聿睿聽到穆若桔若有似無的話音，猶如囈語。

「妳很好……可我今天更貪婪一些。」

貪婪什麼呢？腦袋還沒運轉過來，裴聿睿便感覺到穆若桔的雙手摸上自己的後背，手指繞自己的髮尾，另一手自上而下，順著背脊弧度往下，忽地抓上了自己的臀部。

半晌，繞捲髮尾的動作不知不覺中停下，穆若桔親吻裴聿睿的臉頰，一下又一下，當裴聿睿正挺起身子時，腿間有硬物——

「妳……！」

「妳說過，」穆若桔一手扣住小祕書的腰不讓她逃，一手拿著可愛小物，貼著雙腿之間，按下開關，「妳沒有用過。那現在，妳用用看。」

前戲的親吻與擁抱，都是高潮的鋪陳。情欲的堆疊似雲雨，終是匯聚後雨下。

腿間的震動使得雙腿發軟，手一撈，小祕書躺回床上，憤恨地瞪著穆若桔，張開口，卻是遏止不住的呻吟。

太……煩人了。腰不自覺地拱起與擺動，看得穆若桔目不轉睛。她低下身，親吻裴聿睿的臉頰，見著她弓起的身子與微皺的眉間，身體燥熱不已。

在遇上裴聿睿之前，穆若桔一度以為自己性冷感，可那晚過後她知道，自己不過是沒有遇上，那個讓自己很喜歡的人。

眼下就有一個人，那個人還在自己的懷中。

「嗯……呃……哈啊……」

穆若桔唇角微勾，低下身，在感覺到高潮的片刻拿開了小物，得來裴聿睿不可置信的一眼。

趁著裴聿睿的失神，她拉下小祕書的內褲，立刻扳開雙腿，兩指摸上，順著熱液挺入。

「唔……」

「痛嗎？」聽到那聲不適的呻吟，穆若桔停下動作，看向小祕書，見到她似痛苦似愉悅的神情，險些沒忍住抽插。

「妳這個王八蛋……」單手橫過眼，裴聿睿吞嚥了下，咬著牙，扭動腰，聲音細軟，「快點動……」

肉壁的摩擦是歡愉無度，深淺不一的抽插是折磨。呻吟陣陣，擁抱滾燙，讓人招架不住。

床上、浴室與沙發，都是歡愛的痕跡。

「我有天真的會殺了妳……」被壓在門上的小祕書前胸貼門，背後是上司在辛勤勞動。

「希望在那之前，」上司輕咬上小祕書的後頸，手指繼續在體內攪動，「妳可以先反攻成功。」

「……」

裴聿睿不禁想，這樣去僱一個殺手是不是比較快？

ღ

求解：不小心跟上司睡了第二次，怎麼辦？

「正解應該是——在一起吧？」符桑說。

翌日早晨，穆若桔相當「體恤」腰痠背痛的裴聿睿，自己乖乖叫車離開裴聿睿家，也在離開前碰到早起的符桑。

兩人碰頭，一個臉上有著尷尬而不失禮貌的微笑，另一個神清氣爽道聲早安，從容不迫地離開。

近中午，裴聿睿才悠悠睜開眼，緩慢地下了床，生理飢餓感驅使求生本能。她在走出房門下樓時，聞到飯菜香。

「妳醒啦？來吃午餐！」剛與外送員拿到餐點的符桑朝裴聿睿打聲招呼，兩人齊坐到了沙發上。

被折騰一整晚的裴聿睿大口吃肉又扒飯，看得符桑忍俊不禁。昨晚隔壁間的碰撞聲不斷，好在這兒隔音挺好，沒聽到什麼「聲音」，但卻引人遐想。

「是說，」在裴聿睿吃到五分飽時，符桑開了口，「我過陣子就會搬家了，到時候妳可以讓穆總搬過來啊。」

「哈？穆若桔？」

裴聿睿睨向符桑，拿起湯碗喝了口雞湯後一邊咂咂嘴道：「想都不要想，不可能。」

符桑微抬眉梢，一語未發，可那眼神早已道盡千言萬語，一副「給妳個眼神自己體會」，看得裴聿睿有點心虛。

裴聿睿咬了咬牙，又道：「我只是，嗯，不小心跟上司睡了第二次，就這樣。」

「那接下來不就該在一起嗎？」符桑很快地問。

裴聿睿張了張口，還真是百口莫辯，於是又閉上，一臉難以言喻。

「妳……」符桑望著裴聿睿，斟酌地開口說道：「不喜歡穆總？」

「不討厭。」裴聿睿幾乎是不假思索地回。

「不討厭」與「喜歡」是有差距的，但對於知曉裴聿睿的人來說，能讓總是厭世度日的裴聿睿說出「不討厭」三個字，並非易事。

符桑想了想，又說：「我覺得穆總喜歡妳。」

裴聿睿沉默片刻，動手收拾起紙盒一邊低道：「那是她不知道我的過去。」

話落，裴聿睿站起身，走到廚房整理垃圾，留下坐在沙發上一臉無可奈何的符桑。

ß

日子是這樣的，無論發生多大的事，都得繼續過下去。

原本穆若桔覺得，跟自家小祕書睡了兩次，應該能讓兩人關係有所改變，可在隔週週一進辦公室時，她依舊等到了一臉冰塊臉的裴聿睿。

早晨，盡職的裴聿睿面無表情地向她匯報接下來的一週行程，在自己面前，裴聿睿仍舊是那個毫無波瀾、帶著幾分菁英味的厭世祕書，跟前兩日的夜晚美人，簡直判若兩人。

裴聿睿到底還有多少面貌是自己沒有看過的呢？穆若桔不禁這麼想，也想到稍早前將小外套還給蔣婼亞時，對方的質疑。

「一定要是裴聿睿嗎？」

那時的辦公室只有穆若桔與蔣婼亞，有些話，也才能這樣開誠布公。

「我現在並不是以『蔣主任』的身分在問妳……」蔣婼亞一面折妥那件小外套，一面斟酌地開口：「我是以妳『多年閨密』的身分在問妳。」

穆若桔雙手抱臂，一副「洗耳恭聽」的模樣，不置一詞。

蔣婼亞繼續道：「我沒有覺得裴聿睿不好，我只是覺得……妳們之間是妳付出得比較多，且不見得有所收穫。」

對此，穆若桔彎彎唇角，點點頭，「是，所以我會讓小祕書日後多還我一點。」

蔣婼亞噗哧一笑，跟著頷首，「好吧，妳自己知道就好。」

那時的穆若桔並未正面回應蔣婼亞的質問，四兩撥千金輕鬆地將這問題帶過，但這並不代表事情沒有發生。

一定要是裴聿睿嗎……穆若桔看向裴聿睿的眼睛，直直地瞅著，看得裴聿睿不禁停下報告，疑惑地道：「怎麼了？」

「我覺得妳挺好看的。」

……我覺得上司在騷擾我，但沒證據怎麼辦？

裴聿睿翻個白眼，沒注意到穆若桔的恍惚，繼續完成自己的例行報告。

語畢，裴聿睿轉身回到自己位子上，打開筆電準備收發郵件時，右下角的群組訊息忽然跳出。

「中午要來對表演流程嗎？」群內祕書大佬問。

本來心情不糟的裴聿睿，一見到訊息立刻垮下臉，她揉揉眉心，在其他人發聲之後也貼了個貼圖回應，不禁覺得這年末特別難熬……

尾牙吃飯就吃飯，表什麼演！

裴聿睿自然是沒膽向公司抗議，只敢在心裡咒罵幾句，一面祈禱到時的曲目不要太丟人就好……

然而，生活就是個莫非定律，往往妳愈不想發生什麼，愈會發生什麼。

「……那個，請再說一次，我們要表演哪首歌？」

中午，圓桌前，在場幾位年資頗深的祕書齊看向裴聿睿，自然道：「一首是〈妖怪體操〉，挺好的吧？我家小孫子跟小孫女都很喜歡！」

話音一落，大家頻頻點頭，除了裴聿睿臉上掛著禮貌淡笑，但桌下放在大腿上的手早已捏皺了衣襬。

此時裴聿睿就想問一句，平日都一身西裝與窄裙的在場諸位，是不是都壓力太大！

〈妖怪體操〉？〈妖怪體操〉欸！

發話的那位祕書繼續歡快道：「熱完場後，我們再來一首正經的——裴祕書，妳會唱什麼歌？」

「呃？」

面對在場幾位祕書的目光，裴聿睿有些愣住。她原本想當做功德，他們說什麼自己就同意什麼，不會有機會發表意見，但是，眼下是真的要問她意見？

在眾人的視線催促下，裴聿睿想起那麼一首歌，一首……許多年都沒有再開口唱過的歌。

「我以前……是唱過〈晴天〉。」

話落，眾人彼此點頭應好，等裴聿睿緩過神來，已經就這麼定案了。待走出會議室時，裴聿睿有點懊惱。

她明明對自己發誓過，不會再唱這首歌了。

「唉……」

「裴祕書。」

聞聲，裴聿睿停下，回頭一看，心裡一震，「……蔣主任？」

「妳忙嗎？方便耽誤妳幾分鐘嗎？」

在蔣婼亞朝自己走來的那短短幾秒，裴聿睿的腦海中湧現三個劇本：

第一，蔣婼亞會揪住自己隱瞞在M公司工作過的經歷，以此要脅她離開穆若桔。

第二，蔣婼亞會拿出一張一百萬支票，以此要她離開穆若桔，而裴聿睿想自己肯定會二話不說地收起支票，快樂離職。

第三，蔣婼亞會向她表明自己與穆若桔密不可分、不可告人的關係，以此要她知難而退。

無論是哪種情況，其實導向的結果都是一樣的，於是——

「蔣主任，我跟妳說。」

已然話到舌尖的蔣婼亞硬生生嚥下，她什麼都還沒說，這小祕書是可以跟自己說什麼？她雙手抱臂，挑起眉梢，洗耳恭聽。

「我們直接一點，妳說說看要給我多少？」

「……？」

蔣婼亞一臉質疑地看著裴聿睿，那張生得清秀好看的面容雖面無表情，可隱隱透著一股面對事實的釋然。

不是，是要面對什麼？

見蔣婼亞沒反應，裴聿睿張望了下四周，清清喉嚨，又道：「我不會不識相，妳跟我說一聲，我就離穆總遠點。」

「……」

蔣婼亞深吸口氣，這才明白裴聿睿的話中之意，於是她憋著笑，故作雲淡風輕地道：「噢，我只是想問裴祕書，這次港區的年末會，穆總去不去？」

「……」完蛋了，會錯意了。

裴聿睿僵了一秒，才拿起會議期間關靜音的手機，果真見到了年末會的通知信。

年末會是公司固有傳統，臺灣區、香港區與澳門區，三區輪流舉辦，今年恰巧輪到港方舉辦，而蔣婼亞會這麼問是有原因的。

去年，裴聿睿還不是穆若桔的祕書，年末會也與她關係不大，可她聽說過，去年的年末會穆若桔提早離席，原因不得而知。

而今年……裴聿睿收起手機，開啟工作模式，又是那個難以讓人親近的小冰塊祕書。

「我會盡快與穆總確認的。」

語畢，裴聿睿轉身離開，朝著辦公室快步走去，滿腦子都是工作，也錯過了蔣婼亞臉上的若有所思。

蔣婼亞本來以為，穆若桔會先自己一步告訴裴聿睿。

「年末會？是……蔣婼亞問妳的？」

裴聿睿回到辦公室後，便將其餘工作排開，先抓住穆若桔問了這問題，而她並未立刻得到正面回應，只得順著穆若桔的話應道：「是蔣主任沒錯。」

穆若桔沉默了下，後擺擺手，旋椅側坐，裴聿睿沒能見到穆若桔的表情，只聽到她說：「我再想想，週五回覆。」

裴聿睿應聲好，便坐回了自己位子上，在打開筆電前，朝穆若桔看了一眼。

那一眼，她見到了初識的穆若桔。

或許對穆若桔來說，第一次見到裴聿睿，是在裴聿睿踏進這間公司之後，可對裴聿睿來說……早在踏進K公司前，她就見過穆若桔。

那是誰也不知道的過去，包括穆若桔本人。

裴聿睿站起身，拿著咖啡杯走出辦公室，朝著茶水間走去。在走到長廊末端的茶水間前，裴聿睿會先經過以前所待的部門。

裴聿睿確實沒想過，有一天會成為總經理祕書，尤其是當她決定在K公司低調度日之後，還有擢升的機會。

若是在前東家M公司……

裴聿睿始終記得自己以前的樣子，那在M公司裡主動爭取機會、積極參與公司事務，希望能一展長才的樣子，裴聿睿從未忘記過。

可再也不會那樣了。

進入K公司後，她是一個小部門的裴專員，認命且認分，從不踰矩且不進取，即便知道自己那時的小主管能力欠佳，也從不發表意見，安靜做事。

前東家給她最好的教訓是不要出頭——鋒芒畢露的結果，就是最後等著被人折斷。

還是用最侮辱、最羞辱的方式……

「聿睿？」

裴聿睿雙肩一顫，手中咖啡自杯中不慎灑出一些。裴聿睿回過神，回頭一看，怔了下。

「天啊，真的是妳！」眼前一頭俐落帥氣短髮的女人，裴聿睿並不陌生，甚至是相當熟悉。

畢竟對方可是前部門同事，且是這間公司中，唯一一個一隻腳已然踏出櫃子的人。

「自從妳升總經理祕書後，就好少見到妳了。」

裴聿睿同意地點點頭，職位不同，碰面的機會也少了，不過，有些人、有些事，裴聿睿認為還是值得一問。

「喬。」裴聿睿喚了她的名字，頓了會，在對方友善的目光下，繼續問道：「妳知不知道去年年末會發生過什麼事？」

話落，裴聿睿見到喬臉上的笑容收起幾分，轉為疑惑，張望了下，才放輕聲音說：「嗯？妳沒有聽說

過嗎？」

裴聿睿一臉茫然，顯然是毫不知情的模樣。喬沉默片刻才繼續道：「去年年末會上，妳家老大穆總啊……當場被人求婚。」

話落，裴聿睿怔住。

ღ

「穆若桔」三個字，對裴聿睿來說，曾是冰冷的三個字。

第一次見到「那位穆總」，是裴聿睿仍在當企業實習生時的事。在實習期間表現優異的裴聿睿深得職場前輩歡心，於是前輩破例帶著裴聿睿「征戰」K公司的說明會。

對於自己被攜帶這事，年輕氣盛的裴聿睿不僅不覺得麻煩，甚至還有點興奮，對於一切事物都感到新奇萬分，包括各公司的說明會，對於裴聿睿而言都是有趣的事情。

在前輩的攜帶下，裴聿睿以旁觀者角度參與盛事，也見到站在百人之上的女人。

當報告PPT打開，女人拿起麥克風時，裴聿睿至今仍記得身旁前輩那時的愕然。

「怎麼會是她……」

剛踏入業界的裴聿睿自然不明白水深之處，只覺得臺上女人儘管美麗，卻令人望而生畏。裴聿睿壓低聲音輕問：「怎麼了嗎？」

「今天應該是他們的負責人要上臺的……」前輩回過神，抿了抿唇，湊近裴聿睿，目光未曾從女人身上移開，一面道：「她不是負責人。」

「什麼？」

裴聿睿猛然看向臺上的穆若桔，再看四周確有不少人的表情與前輩如出一轍。

看來，並不是本來就安排好的事。

裴聿睿的目光重新放回臺上，注意到了女人身後的PPT上，寫著「穆若桔」三個字。

女人並未多言，也並未解釋，泰然自若地報告著公司業務。那氣定神閒的模樣令人難以相信，這個人竟然不是負責人。

四周質疑的目光，隨著女人完美且無可挑剔的報告逐漸減少，轉而與裴聿睿相同的讚賞目光，只是那時裴聿睿的眼中除了讚賞，還多了幾分欽羨。

——好想成為跟她一樣的人。

臺上的穆若桔一身清冷，一臉漠然，可整場報告流暢得讓人訝異，在場所有人都不敢造次，直至結束之後才敢議論紛紛。或許，今天的穆若桔是臨危受命上場代理，往後有一天，她會成為當家。

那年的穆若桔在年紀尚輕、甚至還未大學畢業的裴聿睿心中種下一個種子，從今往後，她總時不時地想起當初的穆若桔，那樣理想中的自己。

幾年後，裴聿睿進入M公司，朝著記憶中穆若桔的背影邁開步伐，努力向上，可最後落得滿身髒水、一身塵埃。

那年心中不斷燃燒的小小火苗，也徹底熄滅了。

儘管心裡藏掖那身影多年，裴聿睿在離開M公司，進入K公司後，也不曾覺得自己會與那人有所接觸。

可最後，她還是碰上了穆若桔，因緣際會下成為對方的祕書，在日復一日的高壓工作下，也讓裴聿睿明白，那些都是以前的事了。

早已不可同日而語。

可偏偏有時候，裴聿睿會在恍惚間想起那對外的說明會上，穆若桔眉飛色舞、氣勢鎮壓全場的樣子。

有些事情，換一個時空，似乎就多了些別的意涵。

說明會上，裴聿睿是小實習生，穆若桔是代理人，那當初的穆若桔是單槍匹馬？還是……

「那麼，今天的說明會到此結束。」

話音落下，裴聿睿回過神，上前接手穆若桔手上的麥克風，並動手整理起桌面與筆電。

見著裴聿睿佯裝的鎮定，穆若桔眉梢微抬，在見到窄裙黑絲襪的小祕書背對自己彎腰整理時，有些春心蕩漾。

真的是，讓人愛不釋手。

有些事情就是這樣罷，有一就有二，有二就會貪三，吃掉小祕書也是。出乎意料之外的，兩人會有第二次親密接觸，但感覺挺好。

穆若桔本想回頭向蔣婼亞道謝，謝謝她的做球，但一從裴聿睿口中聽到「年末會」三個字，穆若桔便覺得牙癢癢。

什麼閨密好友，根本是誤交損友！

蔣婼亞就是那樣，一手持鞭一手拿糖的糟糕個性，所以才會空窗到現在！

「可以走了。」

裴聿睿拎起公事包，一轉過頭便見到穆若桔不知想些什麼的微妙表情，本能地後退三步，一臉「妳離我遠點」的樣子，讓穆若桔更感不悅。

怎麼？現在是所有人都想與自己作對嗎！

穆若桔不著痕跡地輕哼一聲，挺起背脊，朝小祕書邁開一步，而小祕書立刻後退兩步。

「……」

穆若桔輕嘆口氣，雙手抱臂，在整間會議廳中只剩下她與裴聿睿兩個人後，輕輕開口。

跟裴聿睿相處，真的不是被氣死，就是被氣得半死。

「今年的年末會，我會去。」

裴聿睿怔了下，什麼都沒能問出口，便見到穆若桔轉身離開會議廳。

裴聿睿知道，自己應該在確認穆若桔會參加今年的年末會後，第一時間回覆蔣婼亞，可她猶豫了。

她也跟著走出了會議廳。

裴聿睿見到穆若桔走往樓下咖啡廳，她便朝著辦公室大步走去。恍神的片刻，裴聿睿想到了從來沒

有細想的細節。

以及，她始終放在心上，那句由卓璟妍提出的質問。

回到辦公室，裴聿睿打開桌機，翻起了過去的檔案，以及歷年的說明會細節，也在茫茫文件中，翻出了當年的說明會。

當時的與會人，裴聿睿只注意到穆若桔，可那時的穆若桔不可能隻身前來的——

「果然……」

裴聿睿點開人員名冊，迅速瀏覽。視線停在一處，沒再移開。

「穆總這麼愛護我家睿睿，不就是因為鄧祕書嗎？」

整份人員名冊只有一位姓「鄧」，在名冊下方、穆若桔之上，印著三個字——

鄧婻然。

ღ

不談辦公室戀情的人很多，而裴聿睿自認是其中的掌旗者，揮舞著「辦公室只做事不做愛」的大旗多年，可沒想到有一天，手中那大旗往地面插，直立Flag，好心累。

在公司裡，她不是裴聿睿，而是穆若桔的「裴祕書」。但經過如歷劫一般的約炮後，裴聿睿知道，自己再不能如以往那般不帶情緒地進公司。

太難了。

跟自己上司不小心睡了一覺，還是改變了些什麼嗎……意識到這點的裴聿睿感到渾身不自在，像是有幾萬隻螞蟻在身上咬。

她拿起手機，點開聯絡人，看了許久，終是沒能按下發送訊息。

卓璟妍忽然造訪的那一晚，帶來的訊息量過大，裴聿睿花了幾天才消化完畢，也是終於肯面對其中的微妙之處。

有什麼事情是只有卓璟妍、穆若桔知道，但她自己不知道的呢？

不能問穆若桔、更不想聯絡卓璟妍，兩邊都走不得，也無法不在意這件事……公司裡的風花雪月，真的是煩死人了！

手指點回聯絡人頁面，裴聿睿翻了翻，動作忽地停下，不期然地「啊」了聲。

在這公司裡，裴聿睿認識的可不只有穆若桔，還有上次意外結識的前祕書柯璇茵！

裴聿睿暗罵自己一聲蠢後主動傳訊息給柯璇茵，這事便暫擱一旁。正當裴聿睿覺得事情應該到此結束時，天上一道雷無情劈下。

「……啊？」

見著裴聿睿面上的微妙表情，蔣婼亞清清喉嚨，鎮定道：「既然穆總要去，那麼裴祕書也一定要去。我剛好最近在處理講座的場地，會順便替妳們一起訂房間跟機票，別擔心。」

重點是這個嗎！

裴聿睿的內心很崩潰，但面上仍舊平平淡淡，暗自咬了咬牙，應聲好後便走出蔣婼亞的辦公室，離開人資部。

另一邊的穆若桔也沒閒下，在裴聿睿離開辦公室後，她也收拾東西跟著離開。

裴聿睿往人資部走，而穆若桔朝著樓下咖啡廳走去。

穆若桔在等一個人。

等一個不能出現在祕書行程上的人。

明亮寬敞的大廳中，四面皆是環景落地窗。隨著那人的走近，落地窗上倒映著一身俐落黑色套裝，有著一頭秀麗短髮的女人，走進了K公司。

正坐在附設咖啡廳中的穆若桔放下手中平板，目光落至門口，清澈的眼眸略深幾分。

隨著玻璃門推開，一串清脆悅耳的風鈴聲，伴著女人略低且富含磁性的嗓音一併傳入耳裡。

「好久不見了，若桔。」

穆若桔身子向後靠，陷進了柔軟的沙發中。微昂下頷，露出線條優美的脖頸，上揚的視線略深，緊盯著女人不放。

女人迎上穆若桔的目光，不甚在意地彎彎唇角，抬手勾髮，將遮住半張臉的長劉海勾至耳後，尖削的臉龐本該使她看上去冷淡疏遠，可因為眼下那顆淚痣而柔媚幾分。

這女人還是一點也沒有變，穆若桔不禁想。當對方在自己對面坐下的同時，穆若桔開口道：「我沒想過會再見妳的，Celia。」

女人聳聳肩，上半身微傾，雙手手肘搭在木桌上，下顎輕靠併攏的十指，直勾勾地看著對面的穆若桔，紅脣微張，「我可不這麼認為。」

聽著女人慵懶隨意的語氣，穆若桔瞇了瞇眼，雙手抱臂，不置可否地看著對方，一語不發。

沒等到穆若桔回話，女人放下右手，向前伸，拿走那喝了一半的飲品，在穆若桔的目光下，纖細修長的手指將玻璃杯轉了向，就口飲用。

那是穆若桔雙脣碰過的地方。

「這裡的拿鐵還是好喝。」女人說。玻璃杯就口處留下了淺淺的脣印。

穆若桔瞥她一眼，招手喚來服務生，點了一杯花茶。在服務生離去後，女人開口：「不給我點咖啡？」

穆若桔淡淡道：「妳會心悸。」

女人的目光深了些。

無聲的四目相對中，有什麼正起波瀾、暗潮洶湧。女人挺直背脊，身子向後，雙手抱臂，桌下的雙腿自然向前伸展，恰巧地、剛好地碰著穆若桔的小腿。

女人穿著膚色絲襪，在裸露的小腿肌膚上泛起一陣癢。

穆若桔望著她，冷涼的視線停在對方精緻的面容上。眼睛、鼻梁、臉頰與雙脣，幾年過去竟是一點也沒變。

真不知道這是好事還是壞事。

花茶送上，穆若桔道了謝，先女人一步將花茶拉向自己，慢條斯理地將那壺花茶倒進小茶杯中。

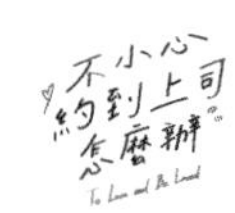

「我可沒說這是點給妳的。」

女人笑了。

那聲輕笑帶著七分懷念，剩下的三分……大抵是兩人不必言明的默契。

「妳還是很不討人喜歡呢，若桔。」

在見到穆若桔雙脣微張時，女人搶先一步開口截斷：「別人都喊我『Celia』，但妳不必跟著這麼叫。」

穆若桔頓了下，才改口輕道：「關於不討喜這事，我們半斤八兩，鄧娋然。」

第六章

六點一到，裴聿睿難得準時下班。

平日手上有要務的她習慣處理到一個段落再下班，但今天不行。裴聿睿站起身收拾公事包，瞥了眼穆若桔的位子。

穆若桔沒理由地消失了兩小時。

自裴聿睿從蔣婼亞那回到辦公室後，就沒見到穆若桔回辦公室，直到裴聿睿下班都沒看到人影。翻了翻行事曆，下午穆若桔應該沒有外務，這是跑去哪了？

裴聿睿一邊想一邊走進電梯，沒想出個所以然便乾脆拋之腦後。

當人祕書這事，裴聿睿一向捏著分寸，不多管一分也不少做一吋，唯一失誤便是不小心跟上司睡了覺。還睡了兩次。

電梯門開，裴聿睿隨著人群魚貫而出，一面查看訊息確認與柯璇茵的碰面地點。翻到一半，裴聿睿突然在公司一樓附設的咖啡廳停下腳步。

既然對柯璇茵有事相求，自己不該這樣空手而去，於是，裴聿睿推開了玻璃門——

裴聿睿有時候挺後悔的，後悔自己服侍的主子是個惹眼的美人，總能在人群中一眼見得。

自然也見到了站在上司身旁的女人，正彎著腰，手輕巧地翻整穆若桔的領子，再輕輕將髮撩至肩後，俯身低頭湊近穆若桔。

至於做了些什麼，恰巧服務生擋住了視線，再見到那女人時，她已朝著自己走來，隨意撥弄那秀麗且俐落的短髮。兩人擦肩而過，連個一眼都懶得放在裴聿睿身上。

裴聿睿回頭，見著女人走出咖啡廳，直挺背脊，腳踩低跟鞋，與地面發出「喀喀」的腳步聲，昂揚地離開了K公司。

收回視線，裴聿睿見到穆若桔坐在靠窗邊位，微垂頭，長髮自然地垂落肩頭，露出精緻冰冷的側臉。穆若桔單手支頭，按著太陽穴，臉上有著令人感到陌生的表情。

裴聿睿沒有見過這樣的穆若桔。

裴聿睿見過穆若桔的冰冷疏遠，也見過她的暴躁戾氣，更見過她的擊敗惱人，甚至見過她在床上的柔媚與性感，可裴聿睿未曾見過她如此茫然與徬徨的模樣。

甚至帶點脆弱。

裴聿睿發現，她不喜歡穆若桔露出這種表情。

思及此，裴聿睿咬了咬牙，想上前揪住穆若桔的領子，要她別擺出軟弱的表情——至少，不要因為別的女人。

太荒謬了。

裴聿睿很快地意識到這種想法並不正確，那垂於大腿兩側的拳便緩緩地鬆開。

——與我何干？

裴聿睿彎彎唇角，深吸口氣，轉身頭也不回地離開了公司，離開了那有穆若桔在的咖啡廳。

渾然未覺的穆若桔又在咖啡廳坐了一會，才起身離開。她並未直接離開公司，而是走回了辦公室。

她的小祕書這時間應該還在辦公室，穆若桔抱著這樣的想法大步走去，帶著一絲歡喜與期待推開了辦公室的門——

然而，迎接穆若桔的不是小祕書的厭世表情，也不是她忙於工作的身影，而是空無一人的辦公室。

穆若桔待了一會，內心那點雀躍與歡喜絲絲飄落，落地無聲。她走進辦公室，隨手關上門，走到了裴聿睿的座位。

現在特別想見妳。

穆若桔拉開裴聿睿的椅子逕自坐下，裴聿睿離開辦公室時並未帶走外套，穆若桔便拿起她的外套，裹成一團柔軟的衣料放到桌上。

不管再疲憊，穆若桔都不曾在辦公室趴睡過，總是在私人小房間小睡。當坐上了這個位子，她便認為在職場上不該流露自己毫無防備的模樣，儘管沒有人這麼要求，但她總是如此繃緊神經地度日。

但現在她只想趴在小祕書的外套上，貪求一點點的慰藉。

裴聿睿身上有股好聞的味道，連帶著貼身外套也是。穆若桔這麼想著，心裡就有些蠢蠢欲動。但她知道，似乎不該再貿然去小祕書家，至少，短期不行。

穆若桔不是不願意纏著小祕書，而是她怕自己纏得緊了，裴聿睿真的會逃開。

趴了會，穆若桔挺直身子，餘光瞥見右手邊的底層抽屜未關緊，她彎下腰欲關上時，自縫隙間瞥到一個信封。

定眼一瞧，穆若桔臉色一變，立刻反手用力拉開抽屜——

一封白色信封躺在眾多文件夾上，上面寫著三個字：

離職書。

六點五十分，裴聿睿出現在健身房門口。

等著柯璇茵的片刻，裴聿睿望著眼前的健身房，想著每每被穆若桔給氣得七竅生煙時，她就會來這操練，把自己操得腦海一片空白，回去直接躺平，隔天就可以繼續面對穆若桔。

……過去總是這樣的。沒想過有一天來這裡，不是因為被穆若桔氣到想逃離，而是，想了解她的事。

不妙，真的不妙。

裴聿睿一邊想這種發展不對勁，另一邊又不願取消碰面，兩種心情微妙地拉扯，讓裴聿睿感到莫名煩躁。

可終究是有人替裴聿睿決定了。

「不好意思，裴祕書！久等了！」

健身完畢、沐浴過後的柯璇茵揹著健身袋，朝著裴聿睿一邊揮手一邊快步走了過來。

健身中心旁有間餐酒館，餐酒館的靠窗沙發座上，有兩名模樣迥異的女人相對而坐。一位是貼身運動勁裝搭上簡單小外套，另一位則身著襯衫與公事包，模樣乾淨俐落。大抵誰也看不出來，這兩人曾是同事。

向服務生點完餐後，兩人的視線不期然地迎上，而裴聿睿身為邀約人理當率先發話，但她卻發現自己竟不知道該從何問起。

運動過後的柯璇茵雙頰泛紅，目光炯亮，毫無健身後的疲憊。她直勾勾地看著裴聿睿，心裡總覺得不可思議。

理當來說，她不該跟裴聿睿熟的，於情於理都是，但人生就是如此奇妙，她就是跟裴聿睿稍微熟悉了彼此，甚至還能約出來一起吃頓飯。

現在，那個過去毫無交集的裴聿睿對自己有事相求，問的還是與前上司穆若桔有關的事——雖然不全然與穆若桔有關係就是了。

「最近都還好嗎？」

提問永遠是開啟話題的最好方式之一。裴聿睿本來心裡略感侷促，也因為這個提問而變得侃侃而談，提到了鄧祕書，也提起了年末會。

「妳說……年末會？」

柯璇茵的臉色在聽到「年末會」三個字時著實一變，那微妙的神情令裴聿睿心裡有點空，不明白是怎麼回事。

見裴聿睿眼裡的茫然，柯璇茵感到有些訝異，便斟酌著字句，小心翼翼地說：「沒有人告訴過妳，年末會是什麼嗎？」

裴聿睿搖頭，見眼前柯璇茵的反應，她忽然覺得，自己是不是一個挺失職的祕書？

「嗯……」

柯璇茵有些不明白，為什麼穆若桔沒有告訴過裴聿睿關於年末會的事？她以為這是每一個擔任穆若桔祕書的人都該知道的事。

至少，她自己是知情的。

「我也不是不知道年末會。」頓了下，裴聿睿開口：「但我知道的年末會，是公司一年一度的總報告發表會，臺、港、澳三區每年輪流舉辦……」

柯璇茵等著裴聿睿的下文，而裴聿睿也等著柯璇茵的附和，但誰也沒有等到期望中的接話。

裴聿睿望向柯璇茵，一語未發，半晌，柯璇茵說道：「妳知道的……就這些？」

裴聿睿點頭的剎那，柯璇茵暗自深吸了口氣，心裡有無數困惑。頓了下，柯璇茵才繼續道：「我不清楚現在的『年末會』跟過去有沒有差別……妳所說的是大家都知道的年末會，但……」

柯璇茵不知道怎麼告訴裴聿睿，又自己可以說多少？正在思考之際，餐點適時地送上，兩人的談話也暫時打住。

裴聿睿拿過調酒淺嚐一口，酒精入喉，滋味酸甜，大抵就是傳聞中的「妹酒」，濃度高得嚇人，可入喉猶如一般飲品順口。

或許很多事情都是如此，看似平靜無浪，面下卻是暗潮洶湧；有些人也是這樣，明面上的身分與私底下行為相距甚遠。

年末會也是。

「年末會……明面上當然跟外面說的一樣，是年度總報告會議，可私底下，政商交流，各界有頭有臉的人物都會露面。」柯璇茵插起沙拉碗中的一塊雞肉，話音放輕，淡淡道：「有人的地方，就有金錢、名望以及……」

「……性愛？」

柯璇茵看向裴聿睿，不否認地沉默不語。有些話不必言明，有些道理不必說清，成年人自然能懂。

裴聿睿面上仍舊波瀾不驚，可只有她自己知道，心裡早已翻起滔天巨浪。過去身邊那些微不可察的小事，像是實力平平的職員為何能忽然升遷，又能力不錯的主管為何自願離職，以及……總有人在一個年後消失得無影無蹤。

原來都並非沒來由，是自己從未深究過箇中之處。

「至於妳問我的鄧祕書，她也算是公司傳奇人物了。」柯璇茵說。

沒有人一進公司就是總經理，饒是穆若桔也不例外。

「說起鄧婧然，對妳我、K公司全體上下來說，她就是穆若桔的第一任祕書——至少這點必須先知道。」

見到裴聿睿臉上一瞬的凝滯，柯璇茵就知道裴聿睿並不知道。

柯璇茵不禁想，對穆若桔而言，裴聿睿到底是怎麼樣的存在呢？裴聿睿是穆若桔的「祕書」，而成為「穆若桔祕書」該是什麼樣子，柯璇茵自認很清楚，但現在她卻有些看不明白了。

這代表著，對穆若桔而言，裴聿睿不只是自己祕書嗎？

同件事情在不同人眼裡便是不同的風景。裴聿睿是愈聽臉色愈難看，開始質疑自己是不是哪裡不夠格？所以這些歷任祕書該知道的事情，自己竟一無所知。

裴聿睿想，或許穆若桔從未把自己當成入流的祕書吧。

短暫的沉默在柯璇茵故作輕鬆的口吻下被打破，她繼續說道：「想知道鄧婧然的事，有個人也得知道，我想先問一下，妳……知不知道卓璟妍？」

話落，裴聿睿不禁一怔，顫顫問：「……卓璟妍？妳是指M公司的卓執行長？」

見柯璇茵點頭如搗蒜時，裴聿睿感到頭暈目眩。

裴聿睿發現，無論是卓璟妍，抑或是穆若桔，或許，她都從未真正認識過。

ღ

「成為穆總後，後悔嗎？」

那一道令人玩味的問句，直至午夜夢迴間，仍在穆若桔的腦中出現。

她也記得自己第一時間浮現的想法——

不知道。

穆若桔並沒有回答提問的鄧婼然，可鄧婼然仍從穆若桔臉上明白些什麼，彎彎唇角。

儘管鄧婼然一語未發，穆若桔也知道她是看出來了。

穆若桔的個性是這樣的，明白這世間並非非黑即白，有許多不可言明的灰色地帶，同時理解灰色地帶並不代表壞事，可心底深處仍舊將黑與白分得清清楚楚。

上位者負責決策，而穆若桔的決策一向果斷狠絕，做事雷厲風行，自小到大都清楚知道自己要什麼，也為此付出過相應的努力，一路這麼成長過來。

喜歡什麼、不喜歡什麼，分得清清楚楚。

可有件事，直至今日在穆若桔心中，仍處於黑白之間的灰色地帶。

例如，成為K公司的「穆總」。

關於這事，穆若桔無法理直氣壯、問心無愧地說，都是靠自己的努力與實力。對穆若桔而言，自己的上位並不光采，縱然之後她用實力證明自己不負此職，這仍舊是一根扎在心上的刺。

那麼，後悔嗎？

穆若桔不知道該如何回答這問題。

在床上輾轉難眠，穆若桔翻個身、下了床，雙腳伸進絨毛拖鞋中，站起身時將身上的法蘭絨睡袍給拉攏掩實。

入冬之後，夜半的氣溫逐漸冷涼難熬了。

身體疲倦但毫無睡意的穆若桔，輕手輕腳地走過地上毛毯，走近酒櫃，彎腰從酒櫃中拿出一瓶紅酒，再走出房間。

「啪噠」一聲，客廳應聲亮起。穆若桔拎著紅酒走進廚房，放到流理臺上，再拿出一個鍋子，將櫥櫃中的香料包扔進鍋裡，開了火，將紅酒分次倒入鍋中。

在有些失眠的夜裡，穆若桔準備煮些熱紅酒暖胃熱身，只是有些事情，是物質無法滿足的。

「這麼多年過去了，還是自己一個？」鄧婧然說。

「妳不也是？」穆若桔答。

慢火燉煮，熱氣氤氳。穆若桔拿了一個長形鐵湯匙，緩慢地拌攪鍋中紅酒，像是攪動她與鄧婧然的那些年，香氣馥郁，但不純粹。

「我想，我跟妳單身的理由並不一樣，穆若桔。」

確實是不一樣。

穆若桔抬手關上火，將熱紅酒小心翼翼地倒入雙層玻璃杯中。濃郁的香氣瀰漫周身，讓穆若桔有些恍然。

隨手將酒拿到中島吧檯上，穆若桔坐上高腳椅，脣湊近杯緣，輕啜幾口。

那略帶骨感的手，曾覆在她的手上。

那時的穆若桔，手放在鍋柄上，鍋中是紅酒與香料，她一面往鍋裡加著少許糖，一面分神地往後看，正想問比例怎麼抓時，那人便從後靠近。

「小火慢煮，順時鐘慢慢地攪拌。」

耳邊的話音很輕，穆若桔感覺到身後那人若有似無地貼近，手放到她的手背上，握住她的手，攪拌鍋中紅酒。

當芬芳香氣瀰漫四周時，那人的另一隻手從腰邊擦過，關了火，收回手時順勢帶了穆若桔的腰，將穆若桔扳向自己，四目相迎。

「再來——」那人低下頭，湊近穆若桔冷若冰霜的面容，彎彎唇角，「我餵妳酒，用嘴。」

穆若桔笑了。

下一秒，一隻白凝如玉的手抬起，擋在兩人之間。穆若桔慢條斯理，語氣卻異常堅定：「我不會妥協的。」

身為攻的尊嚴，不能妥協。

思及此，穆若桔的思緒頓時清明，一股腦兒地下了椅、站直身，就拿起手機打給了小祕書。

有些事情穆若桔覺得得親自告訴裴聿睿才行，雖然這事對另外一個人而言，可能只是屁點大的事。

「裴聿睿。」

電話另端的裴聿睿一接起電話，就聽到穆若桔清冷卻帶點情緒的嗓音，不由得心懸幾分。

「是。」

裴聿睿與穆若桔皆有所謂工作模式的型態——當裴聿睿意識到現在是在工作，就會自動開啟精明幹練的厭世模式。

「有件事得告訴妳。」

裴聿睿低應一聲，立刻拿出隨身攜帶的iPad。必須得在大半夜聯絡自己的事情，想必事態緊急……所以，當穆若桔下句落下時，裴聿睿差點沒忍住地把iPad給砸了。

「上過我的只有妳。」

「……」

正在臥房的裴聿睿一手拿著手機，一手拿著平板，雖然穿著舒適睡衣，但那神情儼然是工作模樣，因此，裴聿睿咬牙，沒忍住地爆氣——

「妳他媽有病吧？」

「沒毛病。」穆若桔不疾不徐地接下小祕書的爆炸，正經地悠悠道：「就想讓妳知道，雖然是我設套，但上過我的真的只有妳。」

「……」

裴聿睿正在思考這能不能申請職災？精神賠償那種。受到精神創傷的裴聿睿，按著額際道：「我、要、掛、了。」

「等一下。」

裴聿睿翻個白眼，心裡想著最好是真有事，不然她發誓以後都不再半夜接穆若桔電話了！

「如果……」

穆若桔的話音很輕，涼如風，輕輕而過。

「妳聽到了什麼，都別信。」

裴聿睿沉默半晌，淡淡地嗯了聲，摁掉電話。

太遲了。

ღ

睡意是這樣的，一點干擾與一點刺激，足以讓人睡意全無。

本來不易失眠且有些許睡意的裴聿睿，在經過那通電話之後，徹底清醒了。她躺在床上，望著天花板，腦中思緒翻騰。

說來柯璇茵同自己說的話並不多，也正因為不夠全面，所以聽起來都似是而非。

沒有什麼事情是能全面理解的，立場不同，看待事情的角度也不同，可她能問的，卻也只有柯璇茵。

於裴聿睿而言，上司的事情不能問、敵手的情報不能探，無論是穆若桔還是卓璟妍，裴聿睿都知道自己沒有資格，也沒有那個身分得以問出口。

她既是穆若桔的下屬，也是卓璟妍的敵方——可裴聿睿還是忍不住去探究了。

而這世上，沒有什麼事情是不需要付出相應的代價。

裴聿睿閉上眼，翻過身，想起柯璇茵問自己的那一句話。

「聿睿，妳……為什麼想知道？」

裴聿睿也不知道自己為什麼想知道，又或許心底是明白的，只是不願意承認。無論如何，都是她執意撬開了一角。

「冰山一角」從不是個虛詞。一如柯璇茵所說的，沒有人一開始就是一間公司的總經理，「穆總」也是。可有些人一出生，未來便已鋪好了路，只管走上去即可。

「據我所知，穆總並非富家子女，似乎是務農人家，還曾經有人帶著水果來鬧過，把公司的門面給砸爛。」

這事裴聿睿並沒有聽說過，也沒有參與過。

「那時候就有人在傳，穆總不是大家所想的那樣，出身顯赫，平步青雲地當上總經理，她所有的一切都是被包裝過的，騙人的。」

裴聿睿怔了怔，雖然沒有猜過穆若桔的出身，但總覺得哪天爆出穆若桔是某集團的千金，裴聿睿也不會意外。

「鄧娋然就跟穆總完全不同了，鄧娋然的母親從政，父親從商，政商兩界都熟得很，不只含著金湯匙出生，根本是鑲金誕世。」

說這話時，柯璇茵臉上忍不住流露一絲羡慕。可裴聿睿想，一個人雖然不能選擇自己的出生，可未來是可以靠自己走出來的，只要腳踏實地的話——

「……所以，有人說，要不是有鄧娋然，現在K公司的總經理搞不好就是卓璟妍了。」

卓璟妍？

裴聿睿腦海一片混亂，而柯璇茵只當她對於卓璟妍本可能成為K公司總經理感到訝異，並不知道對於裴聿睿而言，卓璟妍從不只是敵對公司的執行長。

在彼此變得世俗且複雜之前，曾是對方的青梅竹馬。

「不過……卓璟妍有可能成為K公司總經理的前提是，莊小姐已經死了。至於穆總與鄧娋然，我聽說兩人間有挺『親密』的關係，但再深入一些的，我就不知道了。」

這樣就足夠了。雖不足以還原事情真相，但可以描繪雛形了。

裴聿睿沉默半晌，才問道：「那妳說的『莊小姐』是？」

柯璇茵望著裴聿睿，心裡還是有些不踏實。其實這些早已是陳年往事，偶爾淪為茶餘飯後的閒談，沒人認真看待，可裴聿睿不一樣。

裴聿睿的眼神意外地認真，所以柯璇茵也認為自己不該隨便應付她，於是斟酌地開口：「莊小姐就是……原本K公司的繼承人，後來不知道因為什麼原因過世了。」

說到這份上，已經足矣，再深入一些的，柯璇茵只得搖搖頭。不是不願意，而是沒人知道了。

後來兩人道別於餐酒館，各懷著迥異的心情。柯璇茵雖然有些擔心裴聿睿，但她相信裴聿睿應該沒問題的。

再後來晚些，裴聿睿接到穆若桔的電話，曾一度想問，但她發現自己什麼都說不出口。

但是，這樣也好。

裴聿睿說服自己，沒有問出口，等於不用直面不知真假的感情。對於穆若桔，裴聿睿仍舊是遲疑的。

穆若桔也是。

見到那張藏在抽屜中的離職信，穆若桔恍惚地想起，過去曾從人資部主任蔣婼亞那聽到的傳言。

「這次面試者中，有一位很……奇特。」

蔣婼亞的面色微妙勾起了穆若桔的好奇心，她哦了一聲，要蔣婼亞繼續說下去。

蔣婼亞便道：「我問，如果有一天妳要離職，該如何跟主管說？」

提及此，蔣婼亞笑出聲來，「有一位面試者說，她會用手寫信，親手寫一封離職信給主管。」

「我又問怎麼會想寫信呢？那個小女生就說，離職跟分手一樣，是要慎重對待的，而且我要親自讓主管知道，我有多不滿。」

穆若桔聽著有趣，彎彎脣角，就要蔣婼亞留那位女生下來。後來，穆若桔才知道，她這是把往後喜歡的人，送到自己面前了。

而現在……她似乎又要把喜歡的人給推開了。

ɞ

生活中永遠不缺破爛事——這句話完美體現在裴聿睿的生活。

還沒煩完穆若桔的事，那如夢魘一般甩也甩不掉的尾牙接踵而至。歷年來K公司的尾牙總是較同業早一些，原因無非是那場年末會。

於是在跨年之後，裴聿睿新的一年沒有新希望，只有耳機不斷重複播放的那首〈晴天〉伴她度日。好哀傷。

新的一年沒有新對象，眼見春節長假就要來臨，裴聿睿還是孤身一人，這趟回去勢必得被逼著相親了，光是想像那場景裴聿睿就覺得頭疼。

要不要乾脆直接徵假伴侶好了？

自暴自棄的裴聿睿拿起手機，翻了翻，尋思起徵伴侶的方式，一邊翻著APP才想到自己早已卸載了交友軟體。

裴聿睿輕嘆口氣，指尖一點，就把解除安裝的交友軟體給載回來了。對裴聿睿而言，跟陌人生談交易顯然比被家裡那兩老逼相親容易許多。

瞥了眼時間，午休近結束，於是裴聿睿拿下耳機，不經意抬頭一看，險些嚇得魂飛魄散。

站在裴聿睿辦公桌前的，是忽然遞上一杯咖啡的穆若桔。

裴聿睿面上佯裝鎮定，但心裡早已問候多句對方父母。穩了穩心神，裴聿睿遲疑地道：「這是……」

「剛好路過，順手買杯給妳。」

裴聿睿都要以為這杯咖啡有下毒了。穆若桔說完這話就走回自己位子上，留裴聿睿在那驚魂未定。

令裴聿睿震驚的疑處有兩個——

第一，穆若桔居然請她喝咖啡？且毫無理由？

第二，穆若桔居然真的對自己解釋了。

第二點要再多強調一句，除工作外的事——事實上即便是公事，穆若桔都鮮少解釋，惜字如金，只做不說。

可剛剛裴聿睿一時驚得忍不住問起咖啡，就穆若桔的性子才不會解釋，頂多冷淡地說一句「給我喝」甩手就走。

然而穆若桔表現得太像正常人了！這不是裴聿睿認識的那個擊敗人——

這陣子的穆若桔，確實有點奇怪。

午休結束，裴聿睿逼自己拋開雜念，直接打開電腦進入工作模式。她查詢信箱郵件，便見到由人資部主任蔣婼亞寄來的郵件。

裴聿睿一點開信，險些沒吐血。

那封信中明載著年末會的日程表，以及此趟機票與房間事宜。由蔣婼亞親自處理自然是毫無差誤，但是，那一間雙人房與一張雙人床是怎麼回事！

裴聿睿這才想到上次蔣婼亞提及的「順便處理」，分明是刻意的！這下可好了，出個差四天三夜都要跟穆若桔綁在一塊。

裴聿睿陷入愁雲慘霧當中，自然沒感覺到一旁帶著幾分謹慎的視線。

裴聿睿沒有喝那杯咖啡。

穆若桔壓了下唇角，臉色有些微妙。那一向聰穎過人的腦袋正在快速運轉，把優異的分析才能用在

「裴聿睿為何不喝那杯咖啡」這件事上。

口味、時間點與其餘可能的因素一一在穆若桔的腦袋中成形，列舉出各種可能的假設，再逐一反證與推演，演活了那句「割雞焉用牛刀」。

這事的起頭還跟蔣婼亞有點關係。

「就妳一個『資深』的人資部主管來看，要留住一個人怎麼留？」

「……穆若桔，妳特意加重的地方讓我覺得微妙地不爽。」

不悅歸不悅，但蔣婼亞還是認真思索起穆若桔的提問，正要開口「加薪好談」四個字，穆若桔先截斷話音，表明不是薪資高低的問題。

這就奇妙了。蔣婼亞微抬眉梢，覺得稍微有點意思，又說：「妳認為呢？自己身為高階主管缺少什麼？對方要是想離職，大多情況是他想要的，妳沒有。」

蔣婼亞其實並未想到穆若桔指的是裴聿睿，畢竟穆若桔身為高階主管，底下的小主管們並不少，而每一個能在K公司升到一定管理層的，放眼業界都是人才一枚。

因此，想來挖角的敵方並不少，有人跳槽，也有人仍舊堅持留下。這沒有一定的對錯，只有上司要不要留。

所以，蔣婼亞的預判是理性角度，並無摻雜私情，可偏偏這次的對象早已公私混雜，再也分不清了。

穆若桔沉吟半晌，沉聲認真道：「對她好。」

「……？」

穆若桔自顧自地得出一個結論，向蔣婼亞道謝後便離開。蔣婼亞雖摸不著頭緒，但也沒有往下深究。

一般人在職場上，想要的或許是上司的青睞與肯定，藉以在適合的位置發揮所長，而裴聿睿這些都有。

沒有的，就是上司對她好。

於是穆若桔覺得，要讓裴聿睿打消離職念頭，就是要拐個彎不說破，讓裴聿睿感覺到，自己是被上司喜歡且寵愛的。

然而穆若桔不知道的是，這麼做只讓裴聿睿精神耗弱，日漸神經緊張、疑神疑鬼，甚至感到毛骨悚然。

裴聿睿將穆若桔近日的「詭異行徑」與「總經理不可告人的祕密」兩者聯想在一塊，在日日夜夜的輾轉反側中，得出了這麼一個結果——

穆若桔可能是誰的私生女，且與鄧婻然有肉體關係，兩人聯手對付莊小姐以求上位當總經理。

而現在她知道了一點內幕，於是穆若桔意欲買通她、賄賂她，所以才對自己那麼好！

裴聿睿對於自己的「大膽假設，小心求證」感到相當滿意。而「大膽假設」的部分已經結束，接下來的「小心求證」，裴聿睿將目光放到了尾牙上。

在此，裴聿睿做了一個決定。

ღ

K公司的尾牙，辦在知名溫泉飯店。

那間溫泉飯店位於市區近郊，地區不算偏遠，從市區開車半小時可達。即便無車公司也有提供上下山的接駁車，以及供自家員工事先訂房住宿，這並非強制性留宿，有少數人選擇尾牙結束後就離開。

例如，裴聿睿。

作為穆若桔的祕書，私人訂房行程自然由裴聿睿來處理，而裴聿睿也直接訂了全飯店最頂級的溫泉房。

「那妳住哪間？」穆若桔問。

裴聿睿心裡掂了掂，思量著穆若桔可能會有的反應，一邊應道：「我沒有要住。車留給妳，我搭接駁車下山。」

穆若桔沉默片刻，才淡淡道：「那妳下山小心。」

哇靠，穆若桔是被人穿越了嗎？小祕書在心裡哀號著，沒膽喊出聲來讓上司聽見。

好可怕。

本來裴聿睿認為，就穆若桔的擊敗個性，肯定會軟磨硬泡、顛倒是非，硬講出一個要裴聿睿留下的理由，要不就是直接搬出命令，讓自己不得不從。

然而，以上這些猜想都沒有發生，穆若桔爽快得令人害怕，怕得裴聿睿從穆若桔過於直率體恤的行為中，推敲出一個可怕的臆測——

這是不打算賄賂她、買通她了，打算直接滅口嗎？

裴聿睿不禁心頭發寒。

但無論再怎麼憂心，日子依舊得過，尾牙還是得參與，裴聿睿那首〈晴天〉依然沒有取消，當然，〈妖怪體操〉的舞曲也是。

直到尾牙當天抵達溫泉飯店，祕書特助組提早到場排演時，裴聿睿仍舊抱著一絲絲的期望，希望場地設備忽然無法運作，或是誰上吐下瀉不能上臺……但可惜的是，什麼都沒有發生。

祕書特助組這群人不但各個身體健朗、神采飛揚，還自備隊服跟道具，看得裴聿睿啞口無言。

「來來，裴祕書，這件是妳的！」

年資最長的祕書大哥手拿一套特意訂製的體育服，笑容可掬地遞給裴聿睿，一邊滔滔不絕：「妳這麼瘦，所以體育服外套跟褲子我都訂S號，裴祕書應該是沒問題的！妳可以拿回去房間換，也可以等她們從更衣室出來再進去。」

尾牙會場寬敞舒適，備有休息室，但早已被其餘祕書與特助占據，裴聿睿不想搶也不想撮合著坐，於是她果斷地轉身離開會場，得到片刻喘息的時間。

裴聿睿抱著那套鄰里社區裡常見的鮮豔體育服，是怎麼也不想去公用更衣室，怕自己這模樣被人看見，於是就這麼呆站著，沒有直接去更衣室。

此時，她被一旁的特助誤以為是要回房間更衣，便相邀一同回客房層。

一時間裴聿睿不知道怎麼解釋，於是跟著走去。

慶幸的是，那名特助的房間位置靠前，便先裴聿睿進了門，用不著裴聿睿想理由瞞過去。另一邊的穆若桔自然不知道小祕書正在走廊晃悠，而她也罕見地沒有埋首於工作之中，人正站在浴室內的溫泉池邊，看著水流發呆。

既然來到溫泉飯店，那麼泡個溫泉不為過。穆若桔坐在一旁的木椅上，一臉若有所思。上次泡溫泉，是以「J」的身分來見裴聿睿。

直至今日，穆若桔仍舊記得，那天的自己特意妝扮過，一身俐落休閒西裝套裝，梳整妝髮，揣著一顆難以平復的心開車去赴約。

穆若桔心裡自然是歡喜的，也有些迫不及待，在見到裴聿睿的剎那，一則憂、一則喜。令人憂心的是，如果今天這個人不是自己，那麼，裴聿睿的夜晚就是別人的了。

那些美好的、令人上癮的，都將不屬於自己。

令人高興的是裴聿睿來見自己了，在知道「J」的真實身分後，也沒有掉頭離去。

那晚見了裴聿睿，穆若桔就忍不住想捉弄她、調戲她，也想被自己喜歡的人擁抱。

一切如夢似幻，美好得讓人感到不真實。

穆若桔不明白，為何後續兩人的關係仍舊如此膠著，裴聿睿不但沒有因此親近自己，甚至，想離職。

水滿浴池，穆若桔伸手關上水龍頭，正準備寬衣解帶時，隱約聽到走廊上有吵鬧聲。聽覺敏銳的穆若桔，一下就聽出了裴聿睿的聲音。

以及，另外一道熟悉的、讓人頭皮發麻的聲音——

穆若桔顧不得住房隱私，一把將厚重的門給拉開，往聲源望去。

在不遠處的走廊上，穆若桔見到了裴聿睿，以及……卓璟妍。

穆若桔還未來得及開口出聲，便見到裴聿睿進了一間房間，與卓璟妍一起。

那一刻，穆若桔覺得，心裡有塊地方隨之無聲崩塌了。

第七章

「流年不利」——四個字為裴聿睿這一年畫下完美註解。

……好衰。

在飯店意外碰見卓璟妍時，裴聿睿腦中冒出這麼一個想法，並翻了一個白眼。

裴聿睿安慰自己，還好農曆春節還沒過，除夕之前都不算是過一個年，所以無論這幾天發生了什麼衰事，都是今年的事。

裴聿睿可不想把今年的霉運帶到明年，真要是那樣就太讓人絕望了。

「睿睿。」

瞧卓璟妍碰上自己毫不意外的模樣，裴聿睿便合理認為對方是有意為之，欲無視走人時，卓璟妍先一步擋住裴聿睿的去路。

「我剛好來這出差，聽說今天是K公司的尾牙。」

卓璟妍穿著高跟鞋，逼得裴聿睿只能微仰起頭看著對方，也順勢往後退一步。

見到裴聿睿臉上的防備與不耐，卓璟妍微不可察地嘆口氣，嗓音染上一絲無奈：「妳還在生我的氣？」

「嗯，氣。」

「……」卓璟妍默了下，欲開口道歉時，裴聿睿先截了話音，「不要再跟我道歉了，這無濟於事。」

況且，她倆其實都知道，那不是誰的錯。

在M公司呼風喚雨的卓璟妍，在裴聿睿面前——無論是幼時抑或是現在，總是忍不住地放軟身姿。

過去裴聿睿看不明白的，現在全懂了。

「妳……」裴聿睿咬了咬牙，氣卓璟妍的主動退讓，也氣自己至今仍舊無能為力，最氣惱的，莫過於裴聿睿知道，心底深處有塊地方，早已原諒了卓璟妍。

這才是最令人無法接受的。

卓璟妍沉默片刻，主動開口換了個話題：「妳這是要去哪？」視線落到裴聿睿手上的衣物。

裴聿睿這才想到，自己走到住房樓層是為了換尾牙表演隊服，而她幾乎可以料想得到穆若桔會怎麼嘲笑自己。

……真不爽。

裴聿睿嘆了口氣，隨口說自己要去跟上司借房間更衣。本是無心的一句話，卻令卓璟妍臉色微變。

穆若桔的房間。

很顯然地，卓璟妍只選擇了自己想聽的部分，當機立斷地伸手拉住裴聿睿。

「幹什麼？」

裴聿睿回頭瞪了卓璟妍一眼，欲掙脫卻被牢牢箝制，她深吸口氣，準備要大聲呼喊引來別人注意時，卓璟妍微顫的話音隨之一落。

「為什麼非得要是穆若桔？」

這句話可以有很多種解讀，而裴聿睿立刻想到最不希望成真的聯想。

「妳們……認識？」

卓璟妍呼吸一凝，閃爍的目光令事實昭然若揭。裴聿睿抿了下脣，甩開她的手，直挺挺地面對卓璟妍。

「妳以什麼身分認識穆若桔的？」

裴聿睿微仰的目光似是一把鋒利的刀刃，令卓璟妍啞口無言。半晌，她才輕輕嘆口氣，「別在這說，進來吧。」

裴聿睿的視線掠過卓璟妍的肩頭，落到卓璟妍手指的那扇門。裴聿睿總覺得，那扇門後，有她希望得知的一切問題解答。

於是，裴聿睿還是跟著卓璟妍進門了，而她並不知道，這瞬間給穆若桔撞見了。

穆若桔並未在第一時間上前質問，而是怔了會，才轉身走回自己房間。

她躺到床上，心神不寧，腦中一片混亂。過去的、現在的、未來的……無數的時間線在腦中交錯，紛紛擾擾。

穆若桔不禁想，是不是她所珍視的人，最後都會選擇背離她？

思及此，穆若桔彎彎脣角，想著商場的經營之道，從來都不複雜也不難懂，再怎麼深奧也都敵不過人心。

穆若桔從未參透過誰的心思，無論是裴聿睿、鄧婻然，甚至是卓璟妍，似乎都用自己的所作所為去告訴她：不值得。

人心不值得。

不值得她如此費盡心思，最後似乎都換得一場空。

而穆若桔清楚地感受到，鄧婻然也好、卓璟妍也罷，她都可以捨棄，都可以失去。

可是裴聿睿不行。

裴聿睿……穆若桔輕吁口氣，就想著三個字：捨不得。她不是不想上前把人抓回來狠狠操一遍，可她覺得，裴聿睿不會輕易進卓璟妍房間。

必定是有什麼交換條件，抑或是極具吸引力的事。

穆若桔認為後者的可能性較高。

那麼，既然有些話她不能說，就讓卓璟妍去說吧。隨著鄧婻然的出現，穆若桔明白，有些事情必定會跟著浮出水面。

裴聿睿總該知道的，這是遲早之事。

但這並不代表，穆若桔會選擇放過亂跑的小祕書，於是她從床上起身，打電話叫了客房服務。

穆若桔認為，自己一向很有耐心的。

五點一到，穆若桔離開房間，一面撥電話給裴聿睿，一面朝著電梯走去。

拐一個彎，穆若桔見到電梯欲關上，三步併作兩步向電梯疾走而去，一邊喊道：「稍等。」

電梯門再次敞開，裡面站著一個人。

穆若枯走進電梯，不經意地抬頭一看，謝語未落，表情先是一凝。

「……卓執行長，幸會。」

電梯門隨之闔上，手中的電話也幽幽傳來一聲，無人接通。

華麗的電梯中有面鏡子，鏡子內映著各處電梯一隅的兩個女人。

修長的指尖摁掉通話，這電梯從數十層樓高一路往下，耗時不長，但對不該獨處的兩人來說，彷若一世紀。

「是穆總啊。」

卓璟妍漫不經心的問候像是一根極細的刺，扎在肌膚上覺得疼，但又不致命。別人喚聲「穆總」是敬畏，可卓璟妍這麼喚，卻像是嘲諷。

而穆若枯自然聽出來了。

穆若枯整了整思緒，泰然自若地應道：「先給卓執行長道個歉，如果『我的祕書』有哪裡得罪了卓執行長，希望妳別介意。」

加了重音的四個字，一字一字敲在卓璟妍心上，令卓璟妍不悅地微蹙起眉。

卓璟妍的人生是這樣的，一生坦途，要風得風、要雨得雨，自小鮮少受挫的明亮人生，就兩次不遂她意。

一次是裴聿睿，一次是穆若桔，而偏偏這兩人卻走在一起，怎麼想怎麼鬱悶。

於是，卓璟妍咬了咬牙，陰陽怪氣地回道：「不會，穆總客氣了，我剛才與睿睿聊得很開心。」

穆若桔瞟了眼卓璟妍，若有似無地彎彎脣角。

終究是太年輕了。

在商場上喜怒形於色顯然不是好事，卓璟妍嘴上是這麼說，臉色卻不甚好看，這讓穆若桔心裡輕鬆幾分。

瞧穆若桔怡然自得的模樣，像是沒聽進這話。卓璟妍有點氣惱，頓了下，繼續輕鬆地道：「穆總對自己祕書可真好啊，好得讓祕書跑來找敵對執行長『談心』。」

話音落下，卓璟妍總算見到穆若桔臉上滿布冰霜，欣喜幾分，乘勝追擊地道：「看來穆總不能給的，我能。」

電梯抵達一樓，隨即門開，卓璟妍比了個「請」，雙眼緊盯穆若桔，眼裡含著笑意。

穆若桔淡淡地瞅她一眼，也不推託，落下一句冷言便直走出電梯。

「……希望妳沒有忘記，當初鄧婧然選擇我，而不是選擇妳的原因。」

ღ

「裴祕書？裴祕書！」

「嗯？」

聽見喚聲，裴聿睿連忙回神，便見到幾位祕書、特助擔憂地看著自己，裴聿睿趕緊掛起營業用笑容，「怎麼了？」

「妳還好嗎？」

面對投向自己的那些擔憂，裴聿睿用簡單兩三句帶過，再巧妙地將注意力轉移回接下來的表演上。

穿著隊服的祕書特助組正在後臺等著總經理致詞結束，裴聿睿從後臺望向前臺，見到了臺上穆若桔拿起麥克風的側影。

「這一年，各位辛苦了。」

穆若桔低緩乾淨的嗓音透過麥克風傳遍全場，自然也傳入裴聿睿耳裡，使她恍惚地想起還是實習生時的年輕自己，也是在臺下這麼仰望穆若桔。

那年的裴聿睿，是位實習生；那年的穆若桔，正銳不可當。

穆若桔仍是穆若桔，可裴聿睿已不再是需要被照顧的實習生了。意識到這些年的時光流逝，也讓裴聿睿不經意想起，早些時候卓璟妍近乎哀求般的質問。

「妳真的喜歡穆若桔嗎？」

與卓璟妍四目相迎時，她在卓璟妍眼裡看見了悲傷與不甘。裴聿睿張了口，卻遲遲無法斬釘截鐵地說：「不喜歡。」

可喜歡些什麼，裴聿睿自己也不知道。

見到這樣的裴聿睿，卓璟妍覺得自己的心好像被人狠狠揪住，幾乎喘不過氣。與裴聿睿自小相識，從形影不離到漸行漸遠，最後高中畢業分道揚鑣，這些年來，卓璟妍是感到無力的。

出社會後的久別重逢，卓璟妍欣喜若狂，礙於身分有別，只能暗地看著方進M公司的裴聿睿嶄露鋒芒，自信昂揚。

卓璟妍想著要幫助惦記多年的心上人高飛前行，可最後卻折了對方羽翼。

裴聿睿是該恨自己。

這些卓璟妍都知道，但一想到裴聿睿的可能對象是穆若枯，她就坐立難安，罔顧這輩子都無法輕易擺脫的自責感咄咄逼人，非得問出一個答案。

裴聿睿嘆了口氣。

「我不是來被妳盤問的。」裴聿睿悠悠地吐出這麼一句，卓璟妍一聽便慌得想解釋，又被裴聿睿截斷話音，「我只想了解妳們之間到底有什麼關係。也想問妳當時說『穆總這麼愛護我家睿睿，不就是因為鄧祕書嗎』是什麼意思？」

裴聿睿看向卓璟妍，「無論是穆若枯、妳、或者是鄧婔然，這一切都讓我……不知道該怎麼說才好。」

卓璟妍沉默片刻，裴聿睿盯著她的眼睛，復又開口：「但是，如果妳不打算說，沒關係，我也不勉強妳。就讓我出去吧。」

眼前漠然疏離的裴聿睿，讓卓璟妍感到陌生卻又嚮往，也讓她的心態重新擺正，退回原本的位置。

「……妳問鄧婔然，可能得從我們毫無聯繫的大學那四年說起。」

「裴祕書，該我們上去了。」

沉浸在思緒中的裴聿睿回過神，鎮定地點點頭。看看身旁幾人臉上難掩的興奮，裴聿睿努力堆起笑容融入其中，心裡卻覺得無比厭世。

畢竟對一個再過幾年即奔三，且每日進公司都得面對擊敗上司的祕書來說，在臺上裝嫩跳〈妖怪體操〉，真的太讓人厭世了……

不過這世界就是這樣，某些人的快樂是建立在他人的痛苦之上——

穆若桔是公司裡的冰天雪地，是寒天凍地中的高嶺之花，沒人想過，也不敢想有一天會見到冰山高原霜雪消融，春暖花開。

此刻見著了，雖令人摸不著頭緒，但人人都覺得，這是難得一見的風景，定是上輩子修了福，這輩子才有幸見到一眼。

可裴聿睿卻覺得，自己這是倒了八輩子的楣，現在才會站在這。

當前奏一下，臺下哄堂大笑。

妖怪咧妖怪咧妖怪咧妖怪咧

呼叫妖怪快出來

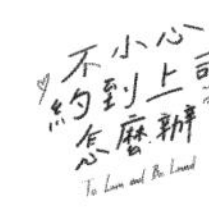

心好累。

「噗，哈哈哈——」

穆若桔沒忍住地笑出聲，這〈妖怪體操〉的舞蹈對她而言其實並不陌生。她有位關係親近的下屬有個可愛的女兒，穆若桔偶爾會去拜訪，而電視上的幼幼台時常播放這首歌。

逗趣可愛的兒童唱跳由裴聿睿來演繹，不知怎麼地竟變得一點也不生動活潑。瞧裴聿睿一臉厭世，真讓穆若桔笑意不止。

而在臺上的裴聿睿不是沒有察覺到穆若桔對自己的恥笑，她只是選擇忽視，跟著童趣的音樂一同手舞足蹈，還在間奏時來個華麗走位，博得滿堂彩。

天，殺了我吧……裴聿睿在心裡無數次如此哀號，心想這年頭錢難賺，但給自己選「羞愧死」跟「被上司操到死」，嗯，裴聿睿默默選擇後者。

至少後者還會爽一下，前者一點也沒享受到，太虧了。

妖怪咧、妖怪咧、妖怪咧——

擊敗咧。

裴聿睿這是嘴在唱，心裡在改詞。有別於歌曲的活潑，裴聿睿只感到一股幽怨，且這股幽怨直投向臺下的穆若桔。

穆若桔心底一寒，收起幾分笑意，可那眼眸仍舊含著些許暖意，目光不自覺柔和幾分。

那專注的眼神，彷彿在注視一件令她喜愛的、珍惜的稀世珍寶。

舞曲會停下、表演會結束，但恥笑不會。當音響結束播放後，裴聿睿感到如釋重負，在如雷般的掌聲中第一個衝下後臺。

第一段表演方結束，距下一段表演有數道菜的時間。裴聿睿一面與心情高亢的幾位祕書、特助閒聊，一面換下自己這一身體育服。

K公司還有點良心，沒打算讓員工餓死在尾牙夜，下一段表演會在餐後終場。

「那等等就交給妳啦！裴祕書！我很期待妳的〈晴天〉喔！」祕書大哥如此說道，裴聿睿只得呵呵笑個幾聲，藉故去趟洗手間。

尾牙會場相當寬闊，人聲鼎沸，熱熱鬧鬧的。在無數人群之中，穆若桔的目光捕捉到了沿著牆壁溜出場外的小祕書身影。

穆若桔唇角微彎，向同桌幾位董事笑著說「失陪一下」便離開座位，朝著洗手間走去。

被人跟蹤的裴聿睿自然毫無察覺，心情仍浸於方才舞蹈中的羞恥感，以及隱隱為下段預定表演感到些許憂慮。

礙於工作需要，平日裴聿睿盡量讓自己的心情保持在平穩狀態，情緒起伏不過度劇烈，但今日的負面情緒額度顯然已超支，這不禁讓裴聿睿感到些許疲憊。

或許是因為如此，裴聿睿對於周身的狀況明顯遲鈍許多，連有人推門而入都渾然未覺。

「什——」

被人從後擁入懷時，裴聿睿下意識想大聲呼喊，一見到來人時，身體先腦袋一步放鬆下來，卻也很快地築起警戒。

想到方才臺下穆若桔似笑非笑的表情，裴聿睿頓時怒火中燒，咬牙說道：「放開。」

洗手間的裝潢典雅，大門厚重，阻隔外頭的紛紛擾擾，一聲輕語足以迴盪整個廁間，也敲進了裴聿睿的心裡。

「我想妳。」

思念原來有重量，且沉甸甸的。

裴聿睿沒反應過來，也忘記要掙扎，任著穆若桔雙手圈緊，頭輕靠在自己的左肩上。

或許是因為人的心臟位於左側，裴聿睿才會在感覺到左肩上的輕靠時，心臟有些麻癢。

洗手槽前有面鏡子，鏡子中映著穆若桔低垂的面容。從鏡中望去，不知怎麼地，穆若桔似乎沒有平日的自信傲然。

擁抱無聲，卻彷若道盡千言萬語。

裴聿睿垂眸，開口低道：「所以，妳有什麼事嗎？穆總。」

一聲「穆總」將兩人擺回工作關係上，像是天秤兩側，取得了微妙的平衡。穆若桔圈著裴聿睿的手輕輕鬆開，在祕書面前站直了身子。

兩人四目相迎時，裴聿睿不禁愣住。

裴聿睿想，在自己面前的，或許早已不是「穆總」，而是「穆若桔」。裴聿睿所跟隨的上司，不會露出丁點脆弱。

裴聿睿見過兩次這樣的穆若桔。一次在咖啡廳，穆若桔身旁有鄧婧然，一次……是現在。

下秒，穆若桔薄唇微張，輕輕開了口。

「妳……今晚願意來找我嗎？」

ღ

裴聿睿其實覺得挺後悔的。

後悔在那場討論尾牙表演的午休片刻，在眾人的視線下，不小心脫口說出〈晴天〉二字，才會讓自己再次去觸碰那些回憶。

如果高中三年是一首歌，那對於裴聿睿來說，這段時光就是〈晴天〉。

在尾牙後臺的柱子上有數朵小黃花旋繞，讓裴聿睿想起高中體育館的牆柱上，也有類似的小花。

高中三年，裴聿睿對體育館中的舞臺並不陌生，甚至是熟悉至極。裴聿睿記得那打蠟過後光滑的木地板，也記得兩旁黑色布幔上有幾個被菸頭燙過的小洞，更沒有忘記舞臺中央的白光有多刺眼。

裴聿睿也曾有過不切實際的夢。

高中時每一次演出，當自己握著麥克風時，裴聿睿都覺得，這就是全世界了。

在她身後是鼓手、兩旁有貝斯手，她站在樂團中間——她曾是熱音社的主唱，曾經，所有人的目光匯集在裴聿睿身上，包括卓璟妍。

一位是學生會長，一位是熱音社主唱，同樣耀眼、同樣光彩奪目。

可最後卻走上截然不同的道路。

「各位同仁請看這邊。在抽獎之前，我們還有一段表演……」

尾牙主持人的聲音喚回裴聿睿的思緒，也催促她往前走。在裴聿睿之前的幾位祕書與特助，先走上臺站定位置。每一位經過裴聿睿的人，都輕拍她的肩膀給予無聲鼓勵。

裴聿睿塵封在心裡深處的盒子，似乎被撬開了一角。

當兩旁布幔緩緩拉開時，裴聿睿走上階梯，一步、又一步。當雙腳踏上舞臺時，那一瞬間，裴聿睿覺得自己身上彷彿穿著純白制服，綁著高馬尾，臉上有著無畏的笑容。

偶爾午夜夢迴間，卓璟妍會依稀想起高中的裴聿睿，想起她享受舞臺的美好模樣。

沒想到還有機會再見到一次。

卓璟妍換上便衣，低調地站在K公司尾牙場地的門邊，安靜地仰望臺上，一如高中模樣。

當音樂悠然響起，裴聿睿乾淨澄澈的嗓音響遍時，卓璟妍先是一愣，胸口隨即湧上難以言喻的情緒。

若談起所謂「遺憾」，卓璟妍想到的，就是沒能赴那場約。

同樣的歌聲，在不同人耳裡便是迥然感受。

在見到裴聿睿上臺時，穆若桔必須承認，一開始抱持的心態是打趣多過於期待，畢竟上段表演的〈妖怪體操〉太讓人印象深刻，而穆若桔認為，下段表演應該也是走這樣的路線。

然而她錯了，且錯得離譜。

當裴聿睿一開口，穆若桔臉上的笑容便消失了。她的神情轉為專注，目光緊隨臺上的裴聿睿。

這偌大的尾牙會場，也因為那與裴聿睿平日形象不符的溫暖嗓音在一瞬間靜下，一雙雙持筷的手不自覺放下，全場視線投以臺上。

颳風這天　我試過握著妳手

但偏偏　雨漸漸　大到我看妳不見

那天確實下著雨，雨珠打在裴聿睿身上又冰又涼。同片天空下的那場雨，也落於卓璟妍所待的車上。車窗上水珠一滴又一滴，匯聚流下。

人生從未少過「來不及」三個字。

來不及的道別、來不及的道歉，以及來不及給予的坦白，都隨著大風颳過，乘逝遠方，遠得再也看不見。

多年後再次想起，徒有悵然。

熟悉的音樂、熟悉的節奏，臺下無數陌生的觀眾——一切的一切都在提醒裴聿睿，這並不是十年前的那個舞臺，可裴聿睿還是在字句中拾起紛落的回憶。

迴盪校園的鐘聲、人聲鼎沸的合作社、被太陽晒得發燙的跑道，以及那在人群中朝自己拚命揮著的手。

消失的下雨天　我好想再淋一遍　沒想到失去的勇氣我還留著

好想再問一遍　妳會等待還是離開

——我會留下，這一次，我會。

在人群之後，裴聿睿看見了會場後方的卓璟妍，一身輕便休閒服，打扮樸素低調，可她還是認出她了。

四目相迎，不知怎麼地，裴聿睿在卓璟妍沉靜的目光中，讀出這麼一句。

裴聿睿的視線別開了。

卓璟妍見到了。

卓璟妍眨了眨眼，聽著兩旁的音響節奏漸緩，她情不自禁地雙唇微張，跟著哼唱。

從前從前　有個人愛妳很久

但偏偏　風漸漸　把距離吹得好遠

好不容易　又能再多愛一天

卓璟妍注意到了裴聿睿的目光，落於某處，不再移開。隨著視線望去，卓璟妍的胸口隨之一揪，隱隱作痛。

但故事的最後妳好像還是說了——

歌曲已然唱到尾聲，卓璟妍覺得，自己錯過的感情也是。

拜拜……

（〈晴天〉詞曲：周杰倫）

卓執行長來去無聲，無人通報敵對執行長曾低調潛入公司尾牙，穆若桔自然也不知道。或許應該說，自裴聿睿開口的剎那，穆若桔再顧不得其他人。

很可惜，可惜沒能參與裴聿睿的前半生。可惜沒能親眼見到裴聿睿過去的模樣，沒能見到她的青澀與稚嫩，但慶幸的是，下半輩子都能見著了。

裴聿睿不明白穆若桔那點小心思，只覺得穆若桔的目光太過赤裸，那眼神讓裴聿睿感到炙熱燙人。

……穆若桔真的太不檢點了，大庭廣眾的，那什麼淫蕩眼神？

裴聿睿在心中嘀咕，絲毫未覺臺下的議論紛紛。一首歌的時間就讓裴聿睿成為大紅人。

一行人一下臺，裴聿睿立刻被團團簇擁，人口一句誇讚，誇得裴聿睿有些懵。正當氣氛和樂融融時，休息室的門被人打開。

那一瞬間，歡談聲戛然而止。

「裴祕書。」

「……蔣主任？」

蔣婼亞手拿一個牛皮紙袋，在眾目睽睽下，將手中的紙袋交給裴聿睿後便匆匆離開。裴聿睿有些摸不著頭緒，她走到角落，避著眾人打開紙袋。

裴聿睿往裡頭一瞧，定眼一看，臉色瞬間一變。

身為一位祕書，了解上司是必然的，而裴聿睿覺得自己挺了解穆若桔的——

當然是在意外被上之前。

在那一夜之後，裴聿睿對於穆若桔的認知不斷更新。過去穆若桔在她心中是遙不可及的高嶺之花，成為穆若桔的貼身祕書之後，徹底領教何謂業界所稱的「那位穆總」。

穆若桔很強，強得讓人拿她沒辦法。

所以裴聿睿只能私下罵她一聲「擊敗上司」、「惡魔上司」，繼續繃緊神經、咬緊牙根跟在穆若桔身邊做事。

可那一晚之後，一切都不一樣了。

穆若桔的模樣，在裴聿睿心中愈見清晰、深刻，像是一道朦朧月光，雲層盡散之後，熠熠生輝。

不過每次被穆若桔坑一把後，裴聿睿都想掐死自己那顆躁動的心。

媽的，爛上司。

——這是裴聿睿在打開紙袋後的唯一想法。

「裴祕書，還可以嗎？」

聽見一旁的詢問，裴聿睿闔上紙袋，狀若無事地搖搖頭，輕描淡寫幾句便隨著人群走出休息室領紅包。

對於尾牙尾聲的抽獎結果，裴聿睿無心在意，一顆心全掛在手中的紙袋。在尾牙結束之後，公司上下同仁魚貫離開，有些入住客房、有些開車下山，而裴聿睿則是留在現場，直到最後。

裴聿睿看了眼手錶，嘆口氣，還得再等半小時了。

原本熱鬧不已的會場在尾牙散場之後，只剩下稀稀落落的飯店人員在清掃善後。途中偶有幾名工作人員上前關心，裴聿睿僅是客氣地回道自己在等人。

此話確實不假，只是未盡全數實言。

裴聿睿隨意環視四周，這才忽然意識到自己方才在臺上面對的群眾有多龐大。

這時候才覺得胃痛是不是太晚了？

裴聿睿輕吁口氣，不禁想自己這一握麥就什麼都顧不上的毛病，這麼多年過去仍舊沒有改變，真的是……太丟人了。

裴聿睿站在角落，趁著四下無人時打開紙袋，沒忍住地翻了白眼。她嫌棄地用兩指捏起卡片一角，覺得穆若桔的房卡跟髒東西沒兩樣——

等一下，穆若桔房卡？

裴聿睿定眼一瞧，目光閃爍，瞬間啞然。

這房卡……可不是穆若桔的房間房卡。身為穆若桔的祕書，關於穆若桔的大小事皆刻在裴聿睿的腦中，她可不記得穆若桔的房號是這四碼。

房卡夾在典雅的小冊卡內，裴聿睿將冊卡翻面，注意到右下角空白處寫了個時間：11:10 pm。

「現在是……十一點零八分……」

裴聿睿呼吸一凝，覺得有哪裡不對勁，還沒想明白，身體先動了起來——

裴聿睿一邊奔向電梯，腦內一邊想著違和之處。

那個紙袋一打開，便在封口處見到字跡潦草的一段話：等我到十一點。而後從紙袋中抽出房卡，才會發現放置房卡的冊卡背面寫了另外一個時間點：十一點十分。

時間只差了十分鐘，為什麼？既然這不是穆若桔的房卡，那是誰的？

裴聿睿大步走進電梯，立刻按了指定樓層，焦慮地看著數字一層層往上升。

還有一分鐘。

為什麼不早點拿出紙袋內的房卡看看……裴聿睿感到有些懊惱，就她謹慎小心的個性，只有等到確定四下無人時，她才會打開紙袋一探究竟。

裴聿睿記得，穆若桔不只一次跟自己說過，不必事事謹慎小心，有時候，可以大膽一些。

每當這時候，裴聿睿都險些朝她低吼，有些事情妳沒有經歷過是不會懂的——

電梯停了。

裴聿睿大步走出電梯，快步奔向房卡上的指定房間，在最後三十秒。

趕得及又如何？趕不上又會如何？

裴聿睿不知道。

終於，十一點十分整，裴聿睿大口大口地喘氣，顫抖地拿出房卡，嗶卡闖入房內——

「妳來了。」

裴聿睿永遠忘不了這一刻穆若桔的模樣。

——落得滿身塵埃，可眼裡仍有星辰。

純白的床鋪上有兩個女人，被壓在下面的穆若桔衣衫凌亂、髮絲散亂，床鋪中央可見鮮紅酒漬，順著床沿滴落酒液。

位於上邊的女人停了手，轉過頭來，是一張豔麗至極的面容。

那是鄧婧然。

這是裴聿睿第二次見到鄧婧然了。

第一次見鄧婧然，她光彩奪目、目中無人，一身傲然．，這次再見她，一身淡漠，身上睡袍隨意披掛，神情蕩漾一絲餘韻春意。

裴聿睿難得真動了怒，一把推開鄧婧然，伸手抱住床上的穆若桔，緊緊的。

鄧婧然並未勃然大怒，只是下了床，順手拿起床頭櫃上的菸。

這是鄧婧然第一次見裴聿睿。

怎麼形容眼前這二十來歲的小女生呢？鄧娟然修長的兩指夾著進口涼菸，吸了口，淡菸微吐，菸繞指尖。

——大抵是，眼裡有光。

縱然表情淡然，可那眼眸澄澈、眸光清亮，像是大雨洗過的天空。

鄧娟然笑了。

裴聿睿脫下自己的外套，披在穆若桔身上，注意到她那白皙的脖頸上有數個吻痕，胸口一緊，一把撈起了穆若桔就往外走。

踏出房門前，摟著穆若桔的裴聿睿回頭看了一眼，見到鄧娟然淡然地站在原地，一語未發。

鄧娟然對此情況並未多言，只是靜靜地看著裴聿睿。

裴聿睿咬了咬牙，摟緊穆若桔，一步、一步地將穆若桔帶離那間房。穆若桔一時間使不上力，只是全身依傍在裴聿睿身上。

穆若桔見著這比她矮小一些的裴聿睿，正奮力地帶著她往前走，彷彿也將自己帶離那些凌亂不堪的回憶似的。

經過電梯時，穆若桔忽然開口，啞著嗓說道：「房間我退了，去停車場吧。有個地方……我得帶妳去。」

裴聿睿怔了下，隨即旋身走進電梯中。在電梯門緩緩關上時，裴聿睿感覺自己的手被人握住。

「別怕。」

穆若桔的輕語迴盪於只有兩人的電梯內，裴聿睿這才發現自己的手在顫抖，可現在，不會了。以後都不會了。

第八章

夜色之下，銀車在高速公路上馳騁。

車內有兩個女人，一位神情專注地手握方向盤，直視前方開車；另一個身上披著柔軟毛毯，正閉眼酣睡。

兩小時的車程，將兩人從深山裡帶回市區，再朝偏郊開去。

在駕駛座上的裴聿睿開始覺得眼睛有些痠，於是果斷地將車切向休息站。

其實裴聿睿並不知道要開往哪裡。

只是兩人回到飯店停車場，穆若桔開好定位導航後，裴聿睿便逕自坐到駕駛座上，紋風不動。

「我可不想拿自己的生命開玩笑。」裴聿睿義正辭嚴地這麼說，邊從後座拿了捲毯扔向穆若桔。

裴聿睿什麼都沒有問，就這麼開車啟程。

在裴聿睿身邊不禁放鬆下來的穆若桔，在開車上路不久後，便不敵襲捲而來的濃厚睡意，慢慢闔眼入睡。她自然也沒有感覺到那為自己拉高身上毛毯的手，動作有多謹慎溫柔。

裴聿睿熟稔地轉開音響，調小音量，跟著導航一路往下開。

兩小時眨眼而過。

依照平常的生理時鐘，在這深夜時分，理當來說裴聿睿會感到睏倦，可或許是因為今晚發生了太多事情，抑或者，是因為副駕駛座有穆若桔，因此她特別清醒。

裴聿睿想著，倘若是自己獨自開車出事了倒也無妨，可現在副駕駛座多了一個穆若桔，不知怎麼地，一意識到這點，便比任何提神劑都來得有效。

有什麼似乎在悄然間改變了。

裴聿睿停好車，開門下車，走往休息站裡的超商買了兩杯熱可可，站在鄰窗的休息區發呆。

縱然腹中有千言萬語，可一對上穆若桔的雙眼，裴聿睿便什麼都問不出口了。

於是，裴聿睿選擇等待，等待穆若桔自己主動提起。

穆若桔欠了很多解釋，可裴聿睿不急著要她還。

裴聿睿望著窗外深沉的夜色，心裡感到無比平靜。或許，這是她近期最平靜的時刻。

一旁有人從外走進超商，捲著一身冷風，使裴聿睿回過神，拿著兩杯熱可可緩步走回車上。

在裴聿睿開門下車後，穆若桔便睜開了眼。

穆若桔睡得很沉，也在看了手錶之後才意識到，自己這一瞇眼竟是兩小時過去。

該醒了，穆若桔這麼告訴自己。

穆若桔伸展了下睡得有些僵硬的身子，身上的毛毯隨之滑落，她這才注意到蓋在身上的不只有毛毯，還有件羽絨外套。

外套是裴聿睿的。

認出外套的主人後，穆若桔將之攥在手中，輕輕抱住。或許，她能睡得如此沉，不只是因為裴聿睿開車平穩，更是因為有熟悉的味道始終縈繞身邊。

叩叩。

穆若桔應聲抬頭，便見裴聿睿站在車窗旁，手裡拿著兩杯熱可可。穆若桔按下車窗，抬手接過了熱可可。

微熱的指尖無意間碰上冷涼的手背，那一瞬，兩人皆是一愣。裴聿睿欲抽回手，卻被一雙溫暖的手握住。

裴聿睿站在車旁，那空出來的手被比自己稍大的手掌包裹住，本來拂風冷涼的手背，在輕輕搓揉下愈發暖熱。

裴聿睿有一雙骨節分明、好看的手，那雙手總在鍵盤上快速地打字，做出無數令人讚歎連連的完美報告。

這雙手，竟也握過麥克風。

穆若桔覺得自己錯過的事有太多了。可幸好，她們仍在這，沒有背道而馳。

裴聿睿也沒有提出離職，儘管她寫好了一封離職信。

「……好了。」

穆若桔恍神的片刻，裴聿睿抽回自己的手，不自在地清清喉嚨，繞回駕駛座。

裴聿睿一上車，穆若桔便開口說道：「換我開吧，妳已經開兩小時了。」

聞言，裴聿睿瞥了穆若桔一眼，再指指後座，「與其擔心我，先擔心妳自己吧。」

穆若桔順著手指方向看去，便在後座沙發上見到一疊乾淨衣物，她這才想起自己這一身的狼狽。

穆若桔臉色僵了下，打開車門下車，再立刻開門鑽入後座。裴聿睿按下電動窗簾，兩眼一閉，身子向後靠著椅背。

穆若桔眉梢微抬，放緩了穿衣的動作，問道：「我的身體有這麼不堪入目？」

聽這語氣就知道穆若桔又回到擊敗上司的模式，裴聿睿想著就來氣，陰陽怪氣地應道：「怎麼會？一堆人搶著要穆總呢。」

這弦外之音還能指些什麼？自然是指今晚的飯店事件了。

穆若桔輕吁口氣，反手脫下胸罩，溼紙巾簡單擦拭身體後，套上了毛衣一邊道：「我是不得不那麼做。」

裴聿睿不置可否地哼了聲，穆若桔輕笑後沉默片刻，再開口時聲音低了幾分：「沒有豪賭又何來勝果……要說我有什麼籌碼？就是，相信妳而已。」

聽到這，裴聿睿猛然睜開眼，回過頭，再顧不得上司與下屬的界線，朝著穆若桔氣急敗壞地低吼：「如果我沒有趕到呢？如果我根本沒有察覺到呢？妳拿自己開什麼玩笑——」

「如果我不這麼做，我要怎麼知道莊采芝的墓在哪？」

穆若桔的聲音很輕，猶如一粒小石子投入湖中，那一瞬，四周靜下，再無聲響。

裴聿睿怔怔地看著穆若桔，看著她臉上的坦然及無悔。可那雙眼裡，卻泛著一絲掙扎與……恐懼。

穆若桔不是不會害怕，她只是，相信裴聿睿。

裴聿睿再次閉上了眼，收回身子往後靠椅背。她微仰著頭，不讓眼眶湧上的眼淚流下。

裴聿睿這才知道，原來自己也會怕。

默了下，裴聿睿雙唇微張，啞著嗓低問：「莊采芝……是K公司原本的繼承人嗎？」

半晌，裴聿睿才聽到後座傳來一聲猶如嘆息般的話語。

「是。」

ღ

穆若桔是不相信命運的——

直到遇上鄧婧然後，她開始信了。

「妳知道的，我們公司是由莊董——莊楚泰所創立。」

銀車劃過冷風，在快速道路上朝著仍在遠處的目的地蜿蜒前行。穆若桔坐在駕駛座上，對坐在副駕駛座上打哈欠的裴聿睿悠悠說起那段戲劇性的過往。

不是所有人都含著金湯匙出生，現今身家鑲金的莊家家主莊楚泰也是。

K公司創立之初，莊楚泰是年過二五的青年小夥子。那時的他，並不是滿手現金地堆起K公司，而是靠著他人扶持才得以創立。

那所謂的「他人」，便是當地的名門望族鄧氏出手幫忙。

鄧家涉足多界，其以政治涉入最深，金錢財富之多自然不在話下。本來鄧家是不會將毫無背景的莊楚泰放在眼裡，可偏偏鄧家那集萬千寵愛於一身的小女兒鄧苓蘭喜歡這小夥子。

於是，莊楚泰娶了鄧苓蘭，等於迎萬貫家財進門，順利地捧起了K公司。

「等一下，上輩人的事情有什麼好知道的？」

裴聿睿本就昏昏欲睡，故事聽著就忍不住打起盹，為避免自己真一頭睡下去便趕緊打岔。

穆若桔不置可否地微抬眉梢，頓了下，才繼續道：「這世間有很多事情，是有一好便無二好——」

莊楚泰與鄧苓蘭的這門婚事便是。

莊、鄧兩家的婚事，本該是一段流傳街坊的佳話。莊楚泰雖然家境普通，但頗有上進心與事業心，且愛妻顧家疼小孩，可謂模範老公。

可旁人能見得的，往往是明面上的事情；心裡那點事，有時候連枕邊人都絲毫未覺。

莊楚泰與鄧苓蘭剛走在一起時，不時有人碎嘴這莊楚泰分明是見錢眼開，看上的哪是鄧苓蘭？是鄧家小女兒那顯赫的背景，以及送上門的白花花銀子鈔票。

不過隨著時間流逝，兩人如膠似漆的恩愛模樣，以及莊楚泰事業上的成功，便再無人如此提起。

只是，莊楚泰從未否認過那些閒言閒語。

「『成家立業、結婚生子』，這兩件事時常被人一併提起，莊董自然也沒逃過。」穆若桔說道。

成家、立業、結婚、生子——人生圓滿好似就這四件事似的，而莊楚泰與鄧苓蘭，三者已成，惟有「生子」這件事，不斷推遲順延。

結婚前兩年，莊楚泰與鄧苓蘭都覺得不急，應以剛起步的事業為重，可兩年後，K公司已在業界站穩腳步，可鄧苓蘭的肚皮卻始終無動靜。

在這時候，卻捎來了故人消息，以及，一名未滿三歲的小女童。

「那個小孩，就是莊采芝。」

銀車駛進隧道，兩旁的黃燈如刀刃。聽到這，裴聿睿也醒了七分，看向穆若桔，見著一道道光束劃過穆若桔的臉龐，使得她看上去面色更加清冷、凝重。

過分的好看。

專注於車況的穆若桔沒察覺到一旁的目光，在娓娓道來間，她恍然想起那人說起這些舊事時，臉上的表情。

當初穆若桔涉世未深，聽得懵懵懂懂，此刻再述前事，忽然間，她似乎懂了許多。

關於「愛中有恨，恨中有愛」的這件事。

莊采芝的生母是楊翠蘋，生父是莊楚泰。

那是莊楚泰不曾與鄧家任何人提起過的往事，包括鄧苓蘭也是隻字未提。在莊楚泰選擇鄧苓蘭後，便決意離開楊翠蘋、離開自己的初戀與一生摯愛。

他本以為那會是段爛在土裡的前塵往事，可沒想到這份感情不但開了花，甚至結了果，有了莊采芝。

兩人分開幾年後，莊楚泰有了婚姻與事業，而楊翠蘋罹癌離世了。她生前唯一的遺囑，就是希望這為摯愛生下的孩子可以有地方安生。

於是，莊采芝就這麼踏入了莊家。

這途中波折不斷，也不是無人反對，但鄧苓蘭始終沒有孩子，於是在幾番拉鋸下，終是留下了這無辜的孩子。

「但是，莊楚泰與鄧苓蘭兩人協議好，只扶養莊采芝到十八歲。十八歲之後，便不再認這個女兒。」

「……等一下，我有個疑問可以提出嗎？」

裴聿睿忽然開口，使穆若桔噤了聲。穆若桔點點頭，便聽到裴聿睿疑惑地問：「為什麼……妳會這麼清楚？」

這般私人的家務事，可不是一般八卦雜誌挖得出來的，且穆若桔也不是莊家的人，裴聿睿是愈聽愈感疑惑。

銀車駛出隧道，眼前明亮，兩旁路燈綺麗。銀車平穩地朝著目的地開去，前行半晌，穆若桔才再次開口。

「莊采芝……是我的初戀。」

「……這樣啊，難怪。」

裴聿睿的語氣平淡且隨意，穆若桔瞥了一眼，便收回視線，繼續專注開車。

裴聿睿頭擺一邊，望著車窗外不斷變換的風景，臉色冷淡，可那放在雙腿上的手卻微微攥緊，出賣了她拚命掩蓋的心思。

不要在意，沒有什麼好在意的。

裴聿睿這麼告誡自己，不過是前任的事，有什麼好在意的？更何況，從字句聽來，莊采芝已經離世了。

跟回憶計較是最愚蠢的事情之一。

這個道理裴聿睿也懂，然而理性上的明白，不等於感性上的接受。裴聿睿不禁感到氣惱，氣自己竟然真有點在乎擊敗上司，也氣自己的無知。

裴聿睿發現自己是一點也不了解穆若桔。

穆若桔似乎也不了解自己。

裴聿睿抿了下唇，受不了車內安靜又詭異的氛圍，於是伸手轉開音響，恰巧轉到了音樂台，正放送著周杰倫的〈說好的幸福呢〉。

好尷尬。

「說起來，妳原來會唱歌。」穆若桔似乎也感覺到氣氛的詭異，主動開啟了話題。

穆若桔其實挺慶幸自己開著車，不然面對這種前任相關的死亡話題，實在讓人無所適從。

雖然，裴聿睿也不是自己的現任女友就是了。

「那不過就是背背歌詞、對麥克風出聲而已。」

提起尾牙表演，裴聿睿頓時覺得渾身不自在。當手放開麥克風時，裴聿睿也回到了現實。

她已經不再是高中生的事實。

穆若桔頗有興趣地繼續探問：「我聽說，〈晴天〉是妳的自選曲。」

裴聿睿哀了一聲，單手摀臉，那點睡意蕩然無存。不知道是哪個祕書特助說溜了嘴，把這事給傳出去了。

於是，裴聿睿厭世地回道：「是……」瞥見穆若桔饒富興味的眼神，裴聿睿心一橫，決定主動招了。

「我高中是熱音社主唱，這樣行嗎？」

銀車駛進休息站，距上個加油站已兩小時過去，是該下車休息片刻了。車停妥後，裴聿睿欲解開安全帶開門下車，身前卻忽然感到壓迫。

「卓璟妍呢？」

長髮自然垂落於臉頰兩側，半掩精緻面容，碎髮下的眼眸深沉，如片深海。

兩人的距離很近，鼻尖幾乎碰著鼻尖，吐息若有似無地停在雙唇。

穆若桔身上仍有淡淡的酒香。

裴聿睿想起了穆若桔的初戀。

「卓璟妍是學生會長，我是熱音社主唱，我們是青梅竹馬。」

各有過去，誰也不欠誰。

穆若桔看進裴聿睿眼裡，見到她的倔強與坦蕩，而穆若桔發現，自己拿她沒轍。從裴聿睿口中聽到「卓璟妍」三個字，確實不好受。

趁著穆若桔失神的片刻，裴聿睿推搡她一把，解開安全帶下車，讓自己呼吸一些新鮮空氣。

車內處處都是穆若桔的味道，貼身而來的酒香讓裴聿睿覺得，自己聞著似乎也跟著醉了。所以，才會腦袋昏沉、發熱，一時沒忍住地跟穆若桔的過往較真，搬出了卓璟妍。

簡直是，太幼稚了。

「唉……」

裴聿睿長嘆口氣，懷著些許鬱悶四處晃，她沿著休息區內的棧道往上走，走到一處戶外休息區，憑欄隨意仰頭一望，才發現頭頂上竟星光熠熠。

一時間，裴聿睿被這片星空迷住，移不開目光。

「喝點吧。」

忽地，手邊多了一杯溫飲。裴聿睿瞥了眼遞來的燒仙草，視線上移，見到一張仰望夜空的優美側臉。聞到燒仙草的香氣，裴聿睿才覺得餓了，從善如流地從穆若桔手中接過湯碗。

溫飲入喉，身子也跟著暖和。抽離了車內的曖昧氣氛，裴聿睿的思緒清明了些，在這片夜空之下，主動開口說道：「那個小女孩，後來怎麼了？」

穆若桔學著裴聿睿倚靠欄杆，小口吃著自己那份燒仙草，半晌，才出聲：「關於生小孩這事，以前的人有兩種說法，生小孩不是帶財，就是家裡燒柴，很巧的是，莊家兩個都碰到了。」

莊采芝踏入莊家後，一切倒是風平浪靜，日子也算過得安穩，只是安穩度日不過一年，再次風雲變色。

在莊采芝入家門後的一年，鄧苓蘭有喜了。

莊楚泰自然是欣喜的，可很快地驚愕隨之而來——

「這孩子，得跟我們鄧家姓。」鄧苓蘭的父親如此道。

據鄧家所言，因遲遲等不到鄧苓蘭懷孕消息，於是鄧家兩老去算了命、求個天意，算命師就這麼告訴兩老，這嬰孩得跟鄧家姓，才願意來投胎。

不久之後，鄧苓蘭確實懷孕了。

兩老急急忙忙告訴鄧苓蘭，鄧苓蘭知道自己丈夫必不會同意，所以私下應了，還去廟裡走了一趟。

莊楚泰知道之後勃然大怒，而鄧苓蘭也毫不示弱，兩人鬧得不可開交。

「不過最後，莊董還是認輸了，畢竟他欠鄧家的，真的太多了。」穆若桔悠悠道。

「那麼，那個後來出生的小孩……」

穆若桔低下眼，輕吁口氣，點點頭，「那個小孩，就是鄧娟然。」

裴聿睿怔了下，手裡的燒仙草險些滑落。她穩住手中湯碗，可沒能平穩心神。

穆若桔舀了最後一口燒仙草後，便順手將空碗扔進一旁的垃圾桶。她向裴聿睿喊了聲，在裴聿睿困惑的視線下，指著垃圾桶裡的空碗，淡淡地開口。

「這就像是，鄧娟然。」

ღ

「我在高中畢業那年，遇上莊采芝。」

從休息站離開後，換裴聿睿坐駕駛座，駛上最後一段路。經過數小時的車程，時近清晨。副駕駛座上的穆若桔瞇著眼，悠悠道：「那時，我正想放棄升學，直接去工作。」

裴聿睿沉默著，想起自己曾聽過的流言蜚語中，確實有這一事。

穆若桔見裴聿睿毫無情緒起伏的側臉，不覺得氣餒，心裡只覺得鬆口氣。關於自己的過去，穆若桔鮮少提起，一來是覺得沒必要，二來是不喜歡解釋。可對於裴聿睿，她願意說上一次又一次。

「當身邊所有人都放棄我的時候，只有莊采芝，要我不要放棄——」

甚至，伸出了最溫暖的手。

穆若桔的家境並不富裕，或許應該說是相當貧困。

穆若桔的雙親在年輕時其實有做小本生意，家境雖稱不上富有但也是小康，生活都還過得去。

直到債主上門來後，一切都變了調。

穆父為人憨厚老實，當了手足的保證人，可那人最後跑了，債主便轉來找穆父。穆家還不了這筆鉅款，做著小本生意的攤子也給人砸了，生活陷入一團亂。

經過漫長的周旋與調和，穆父最後將辛苦存錢買下的房屋拿去抵債，一夕之間傾家蕩產，只得舉家搬回鄉下那棟破房子，暫且安生。

這時的穆若桔，正升上高中。

穆家兩老開始務農，穆若桔也沒少下田幫忙農作，悶不吭聲地扛起這一切，放棄了自己本來的美好前程。

假日，穆若桔會與父母到農產市集幫忙擺攤做生意，沒少見過穿著第一志願制服的學生來此一遊。穆若桔始終記得得知自己考上第一志願時的喜悅，可最後，她放棄了。

但穆若桔沒有責怪過自己的父母，也沒有怨天尤人，只是拚命地、奮力地幫忙賺錢，試圖減輕父母重擔。

這樣的穆若桔，並未放棄自己的學業。高中三年，她仍舊榜上有名，全校前三，極有機會透過校內推甄上頂大。

「我不要。」

面對師長的勸說與盤問，穆若桔始終沒有改變過自己的選擇。逢人問起，穆若桔只是淡淡地回應：「我對讀書沒有興趣，畢業就想直接去工作。」

不是沒有人反脣相譏，質疑穆若桔最高學歷不過高中，畢業之後能做些什麼？穆若桔一語未答。

轉問起穆若桔的父母，兩老都一致同意，認為讀書花錢，早點工作也挺好。面對穆家三人一致的決定，學校師長也再難插手。

可這時候，卻有個人堅決要管閒事，且決意管到底。

「……我很清楚，如果當時我沒有去辦公室，我的人生定會截然不同。」穆若桔說。

因為去了一趟國文科辦公室，於是，碰上了畢業兩年回母校探望老師的學姊。

那年穆若桔十八歲，莊采芝二十歲。

即使多年過去，穆若桔仍舊記得那日的所有一切。

記得那日午後燦亮的陽光、溫暖的徐風，以及莊采芝明媚的笑容。

「采芝，她就是我跟妳提到的那個學生，妳替我勸勸她……」

班導師的聲音拉回穆若桔的思緒，她正想說些什麼，卻見那人朝自己走來。

穆若桔方往後退，手腕卻先一步被那人輕握住。

「跟我出來一下，我想跟妳談談。」

穆若桔反應不及，便這麼被人拉出國文科辦公室。穆若桔在後，注意到眼前這人淺褐色的大波浪捲髮、白皙纖細的手腕，以及，乾淨溫潤的嗓音。

兩人來到樓梯旁，莊采芝率先坐到階梯上，再拍拍一旁空位，示意要穆若桔也坐下，然而穆若桔並未跟著坐下，只是走下了幾個階梯，與莊采芝平視。

見狀，莊采芝噗哧一笑，兩眼笑得彎彎的。

「抱歉，好像有點唐突。我是妳學姊，應該大妳兩屆左右。我姓莊，莊采芝。」

那時的穆若桔僅是點點頭，沒想過有一天，這名字竟會記一輩子。

「妳的事情我從老師那邊聽了些……」

又來了。

穆若桔對這般開頭早已感到麻木，各科老師與主任都是這樣開始的，接下來就會滔滔不絕地發表闊論，聽得穆若桔都覺得煩了。

正當穆若桔準備開始放空聽人碎念時，她的手忽然被輕輕拉過並握住。

穆若桔怔了下，一時間竟忘了甩開手。

「妳不想升學的真正原因，是什麼？」

穆若桔不期然地迎上莊采芝的眼睛，發現她的目光清亮澄澈。

沒有人這麼問過她。

「我知道這有點唐突，但我感覺妳不是真的不愛念書。我沒有惡意、也不會傷害妳，我只是想知道真正的原因……」

那握住自己手腕的手，彷若被陽光晒過一般溫暖。

那一刻，穆若桔知道，自己終會敗陣下來。在莊采芝安靜卻堅定的目光下，穆若桔鬼使神差地顫顫開了口。

「我……家裡沒有錢供我念大學……」

思及此，在副駕駛座上的穆若桔，無意識地撫上自己的左手腕，神情恍惚，「後來，莊采芝介紹我到補習班打工，還替我四處蒐集獎學金資料，剩下不夠的，全由她包了。很難想像吧？一個大我不過兩歲的小女生，竟什麼都做到了。」

車忽然停下。

穆若桔囁聲，回過神，這才發現銀車已然下匝道駛進村鎮。兩旁景色從蒼鬱山林轉為幽靜大海，而自己竟渾然未覺。

穆若桔正側頭想問怎麼忽然方向盤一轉，開進了觀海亭旁的停車場，卻見裴聿睿臉色古怪，欲言又止中似乎帶著幾分怒氣。

穆若桔頓了下，忽然意會到了什麼，唇角沒忍住地上揚幾分。

「……沒事，我只是確認一下車子狀況。」裴聿睿調適好心情，正準備繼續上路時，右手忽然被從旁拽過──

那是一個宛若蜜糖的吻。

一手撫著臉頰，一手勾住裴聿睿脖頸，微涼的薄唇覆上柔軟的唇瓣，吻得繾綣難捨。

毫無防備的裴聿睿雙唇微張，穆若桔的舌尖便探進其中，纏上溼熱的舌尖，與之歡舞。

在聽到唇角溢出的細微呻吟時，穆若桔瞇了瞇眼，呼吸一沉。那勾住裴聿睿的手下移，按下安全帶彈扣。

喀噠一聲，裴聿睿回過神，身子連忙向後，試圖拉開彼此間的距離，無奈穆若桔似乎早有預料，先一步按住裴聿睿的腰。

裴聿睿怒瞪她一眼，一邊伸手抵抗一邊道：「妳幹什麼！」

然而對於裴聿睿的掙扎，穆若桔置若罔聞，放下了駕駛座的車椅，「躺好，我要上妳。」

「上妳媽啦！」

穆若桔臉色有些微妙，自上而下地看了看裴聿睿，一本正經地道：「上我媽會有很多問題的——睿睿，妳是不是無意間透露了自己的看片喜好？」

「……」

裴聿睿咬了咬牙，想一頭撞死在車門上的心都有了。

隨著車椅逐漸向後擺平，裴聿睿的視線也逐漸移高，入目之處的天窗隨之敞開，近清晨的淡色夜晚仍能看見星星。

可那最燦亮的星辰，卻是在穆若桔的眼底見著了。

穆若桔看自己的目光，好似不太一樣了。

「我很早就想這麼做了。」

低首俯身，猶如夢囈般的輕語伴著忽遠忽近的海浪聲傳入耳裡，若有似無，恍若夢境。

入夜之後，氣溫漸低，或因如此穆若桔的身體、呼息、掌心……所有與她有關的一切，才會異常滾燙。

在靜謐的夜裡，格外清晰。

在吻落下的瞬間，裴聿睿偏頭，吻落臉頰，很輕、很淡，可很燙人。

即便裴聿睿心裡隱隱知道，自己其實早已不再抗拒上司，但仍舊不願意如此輕易地妥協，甚至是，退讓。

那就好像是認輸了。

穆若桔並不懊惱也不發怒，不過是順勢親吻臉頰，自下而上，涼薄的唇碰上柔軟的耳垂，描繪耳廓，如根羽毛輕搔而過。

一股酥麻從心底湧上，裴聿睿自覺不妙，手正抬起，竟被一把拉高至頭頂扣住。

「穆若桔！」

「我忍很久了。」穆若桔對於那聲抗議置若罔聞，彎彎唇角，伸出舌尖輕舔耳圈，惹得身下那人渾身泛起雞皮疙瘩。

「妳這叫有忍？」裴聿睿怒瞪上邊一眼，咬牙切齒地說：「妳既然決定忍了，怎麼不忍一輩子——」

「妳這輩子，都會有我，願意嗎？」

穆若桔微微撐起身，在狹小的車內空間中，聲音彷若放大數倍。垂頭抵額，穆若桔看進了裴聿睿眼裡，見到這雙眼，乘載了自己的倒影。

「……要被妳上一輩子，我才不願意。」

差一點，差一點就要耽溺在那雙黑眸之中，無法自拔。在陷落的前一刻，裴聿睿勉強移開了視線，壓著聲說了這麼一句。

關於一輩子都有彼此這事，裴聿睿並沒有說不好。這話外之音格外悅耳，穆若桔沒有得寸進尺地追問下去，又或者應該說，在這車上臨時起意睡自己祕書，已經分外越界了。

但穆若桔沒必要遵守些什麼，她本身就是一個規矩。

這一次，穆若桔沒有給裴聿睿逃跑的機會，吻上小祕書柔軟的雙唇，手往下探，拉出紮在西裝裙裡的白色襯衫，微涼的手隨之伸入。

車內有限的空間並沒有阻礙穆若桔的攻城略地，只是更進一步地加深她的迫切。

穆若桔想起下午親眼見到裴聿睿走進卓璟妍房間時，那種撕心裂肺的痛楚。

「妳……」

微張開口時，溼熱的舌尖伸進，纏上柔軟的舌，加深了這個吻。

穆若桔的吻有很多種。

急促的、霸道不講理的、溫柔的、小心翼翼的……裴聿睿皆能依稀辨得，可此刻的吻，卻讓裴聿睿感到些許疑惑。

那是一個太過纏綿甜蜜的吻。

「不專心。」

聽見穆若桔的低語，裴聿睿回過神，發現上半身的襯衫鈕釦早已全數解盡。隨著話語落下，肩帶也至肩頭滑下，指尖便輕巧地翻開胸罩上緣探進，兩指輕捏上乳尖。

那一瞬，裴聿睿柔身顫了下，雙腿下意識併攏，再被掰開。

穆若桔低首，吻落如雨，自脖頸由上至下，吻過線條分明的鎖骨，再低下身拉開襯衫，親吻胸口。

穆若桔能感覺到身下的躁動，捏住乳頭的指尖輕擰，指尖再輕輕搔刮頂端，滿意地聽到那壓抑卻急促的呼吸聲。

穆若桔彎彎唇角，不禁輕道：「這裡，還是很敏感。」

「閉嘴啦。」裴聿睿臉色一陣紅、一陣白，語氣不善。

穆若桔瞅她一眼，便拉開另一邊的胸罩，柔軟的乳肉被一手捧住。

「讓妳閉嘴的方法很多，可我現在不想這麼做。」

話落，穆若桔低下身，雙唇微張，含住了雪乳上的嫩紅乳果，伸出舌尖舔弄頂端，打圈、旋繞，再輕輕捻壓。

「住手……」

太過柔軟的聲音令裴聿睿自己都陌生不已，趕緊閉上嘴。她試圖保持腦袋清醒，拒絕上司這臨時起意的侵略，可偏偏身體卻先一步接受了。

「等……啊……」

那手順著側腹往下，伸入雙腿間，裴聿睿合攏雙腿，卻只是使那手指更加往下。

「妳……混蛋……」

聞言，穆若桔自柔軟的胸脯間抬起頭，直看著裴聿睿。

薄薄月光自車頂上的觀景窗灑進，那是純亮清明的白月光，是此處此刻的唯一光源。

「睿，我不會停下。」

裴聿睿看著穆若桔，見到她專注的、迷人的目光。那是與平日在辦公室內截然不同的模樣。

有隻手忽然摸上自己的臉頰，輕輕摩娑，穆若桔冰雪常駐的眼眸，彷若冬雪消融，蕩漾春波。

「我說，我很早就想這麼做，不是隨口胡言。」穆若桔低下身，湊近頰邊，貼著裴聿睿小巧又敏感的耳朵，輕吐話語。

我想與妳漫無目的前行，沒有理由。

我想與妳走遍世間各處，不問原因。

我想與妳共度每個早晚，無須約定。

「我想要妳，也是這麼想。」

手摸上髮時，如風拂過，那般溫柔。

滿目皆愛。

裴聿睿默然，覺得自己彷若置身夢境那般不真實。是真的？又或者只是歷經長途跋涉的疲勞錯覺？

正當裴聿睿雙唇微張，想說些什麼時，下半身卻忽然被人抬高——

「當然，我最想做的，還是把妳操到哭。」

「……」

穆若桔妳還是去死吧！

第九章

裴聿睿覺得，這世上有些事物不該被發現，或是，發明——

例如，車震。

「這我跟妳持相反意見。」雙腿被抬高，脫下窄裙就容易了，穆若桔臉不紅氣不喘地繼續說：「我覺得這是人類最偉大的發現之一。」

順利脫下後的窄裙被隨意扔到後座，穆若桔低眼就迎上怒視自己、恨不得將自己千刀萬剮的裴聿睿，沒忍住地彎起唇角。

「『之一』？」

裴聿睿咬牙切齒地看著穆若桔，瞧對方臉上的得逞與愜意，恨不得回到幾小時前，給那時的自己絆一腳，摔死在長廊上都勝過在車裡被上。

媽的，天大地大非得選車子，到底是有什麼毛病？

「我認為其餘的幾項『偉大發現』也是挺好的。」仗著姿勢優勢的穆若桔，輕易扳開小祕書的雙腿，將兩腳腳踝架在自己肩上，再一手握住大腿腿根，瞅了一眼身下的祕書。

親吻落於大腿內側，伴著低喃：「像是廚房流理臺、溫泉湯池、落地窗上、壓在隔壁有人的牆上……」

「閉嘴。」裴聿睿愈聽愈覺得不對勁，縱然想趁亂逃走，無奈在車椅上被壓制，唯一可能大概是一頭撞暈在車門上。

……不過這怎麼想、怎麼虧。

看出小祕書意圖的穆若桔也不氣惱，只是覺得好笑。手撫上清秀小臉，低頭吻上柔軟的唇，趁著雙唇微張之際，舌尖熟練地探入，纏上溼熱的舌，與之歡舞。

險些溢出唇角的呻吟，裴聿睿忍住了。穆若桔瞇了瞇眼，放在頰旁的手下移，摸上毫無贅肉的側腰，自下而上，撫至胸口。

柔乳的手感極好，捧著的手輕輕揉捏，指腹若有似無地擦過乳尖時，穆若桔明顯感覺到身下祕書的躁動。

兩指不期然地捏上乳果，同時挺起身稍稍拉開彼此距離，穆若桔聽見了細微的、甜膩的呻吟。

不夠，遠遠不夠。

穆若桔低身湊近裴聿睿耳邊，利用姿勢的優勢讓裴聿睿不得不張開腿，那掛在肩頭上的腿往旁滑落幾分，腳剛好抵在車窗上。

正想要穆若桔收斂一點時，溼熱的舌便纏上敏感至極的耳朵，舌尖捲起柔軟耳垂，薄唇吸吮，酥麻一陣又一陣。

遠邊的浪從未止息，車內的浪正要起。

穆若桔忽然脫起了自己的上衣。

一時間，裴聿睿呼吸一凝，有些恍惚。片刻恍然間，裴聿睿不禁想，是什麼時候開始覺得……穆若桔挺美的。

又是從什麼時候，看進這個人呢？

裸身貼近時，彷若如風。伸手擁入懷時，裴聿睿想起冬日裡晒過暖陽的棉被，那般溫暖。車外的溫度依舊冷涼，或許是因為如此，呼出的吐息才彷彿燙著了。

裴聿睿的手忽然被拉過。

抬眼時，她在昏暗的車內迎上一雙燦亮的眼睛，正看著自己，專注而凝神。

像是在注視著一件珍物似的。

在尾牙宴上，臺上的裴聿睿環視臺下眾人時，也曾在人群中見過一樣的眼睛。

這個人，自始至終都是穆若桔。未曾改變過。

被拉過的手，覆上了溫熱的肌膚。低眼一看，掌心觸及之處，是穆若桔的左胸口，正在跳動著。

穆若桔什麼都沒有說，卻似乎什麼都說了。

穆若桔鬆開了手。

裴聿睿的手順著胸口往上，抬起手，捧著穆若桔的臉，視線自下而上，看進了穆若桔的眼裡。

裴聿睿想起很多事。

想起與這人的日常，總讓人咬牙切齒、恨不得把人大卸八塊，可偏偏穆若桔那麼優秀，優秀得讓人想追上她。

即便知道這輩子可能都遙不可及，但裴聿睿還是咬牙跟上，努力跟在穆若桔的身側。

說是不願認輸也好，說是好勝倔強也罷，倘若追根究柢、刨根問底的話，不過是——不想被拋下、不想再被輕易取代了。

她不要穆若桔回頭看她一眼，她要自己走到穆若桔跟前。

打從看到穆若桔的第一眼，裴聿睿就知道，這輩子都無法贏過她了。

所以，成為穆若桔祕書後，裴聿睿告訴過自己，既然自己贏不過，那麼也要別人贏不過——她要成為穆若桔最強韌的後援、最強大的助援，她要成為堆起高嶺的礫岩。

她要穆若桔站在頂端。

她要她永遠都那麼驕傲、那麼傲然。

那才是穆若桔。

天光乍起，清晨第一道曙光自海際線照進車裡。車椅上的兩人同時望向了海。

「穆若桔。」

裴聿睿的聲音很輕，含著一絲動情的嫵媚，摻雜其中更多的，是不容置喙的清冷。

「衣服披上，我們下車。」

穆若桔側過頭，迎上裴聿睿的目光時，心底一震。

「我要妳，現在。就在這個海邊。」

穆若桔這才想起來，能在這人吃人的公司中存活下來的裴聿睿，既無靠山又無背景，既然活下來了，這代表她不可能是溫順的人。

裴聿睿只是不會去要那些不想要的。

對於想要的，她會毫不留情、毫不猶豫地出手。

這才是裴聿睿真實的樣子。

ღ

當腳踩上柔軟細沙時，裴聿睿才有了真實感。

海線盡頭泛著微光，清晨的海是清澈的淺藍色，映著微亮天空，海浪一陣又一陣。

並肩前行了幾步，那本若有似無相碰著的手背，幾乎在同一時間，兩手張開後相握彼此，十指自然地扣在一起。

海風摻著一絲涼意，捲起一抹淡淡的鹹味，朝著兩人颳去。

在廣闊無邊且杳無人煙的海邊，兩人顯得特別渺小。腳踩細沙，前進的每一步皆印在沙子上，隨著兩人的前行綿延不斷，腳印挨得愈來愈近。

腳印最後停在一塊巨大的岩石之後，踩踏紛亂，再無落於他處。

在沙地上，捲毯竟紅得似火。在全黑內裝的車裡，厚捲毯的酒紅色暖得恰如其分，一放到沙灘上便豔得扎眼。

本就白皙的肌膚搭上酒紅色，更加鮮豔欲滴。

裴聿睿跨坐到穆若桔平坦的腹部上，伸手將襯衫往兩旁拉開——

朝陽在裴聿睿身後自海平面冉冉上升，光落唇吻，又燙又熱。

裴聿睿的吻仍舊是小心謹慎且珍重，好似每一次都是初次那般，溫柔細膩。

穆若桔睇起眼，身體要比自己想像得更放鬆。她從未否認自己的欲望，但海岸露體終歸是第一次，她以為自己會有幾分緊張。

可她不但沒有覺得疙瘩，反倒有股難以言喻的亢奮。

好似這天地之間，惟有彼此，再無他物。離「永恆」二字，竟如此靠近。

意識到這件事，穆若桔主動加深了這個吻，正微仰起頭想吻得更深時，卻被壓回了毛毯上。

「不許動。」

裴聿睿的手壓制穆若桔的肩膀，略不悅地睇了睇眼，低首咬了下圓潤的肩頭，聽到穆若桔細微的悶哼聲，裴聿睿的輕咬改吮吻，自肩頭一路吻至脖頸。

裴聿睿知道自己這方面的經驗不多，可後天努力補上的海量閱片，以及穆若桔多次的「親身示範」，足以彌補實戰經驗。

且對穆若桔的欲望，在意識到這份心意時，頓時幽深似海。

當修長的手摸上自己後髮時，裴聿睿略抬起頭，便迎上一雙好看的眼睛，蕩漾些許媚然。

——儘管做妳想做的。

裴聿睿在穆若桔眼中讀出這麼一句話。裴聿睿抿了下唇，略帶氣惱地低頭再次吻上那薄唇。

穆若桔從不會拒絕裴聿睿，也不知道怎麼拒絕。

擁吻之際，裴聿睿也主動解開自己的襯衫鈕釦，一面加深這個吻，一面將襯衫脫下，隨意扔到一旁，低身相貼。

裴聿睿的唇總是那麼柔軟，像是棉花糖，讓人忍不住一嘗再嘗。

那手不期然地摸上了胸口。

「嗯……」

穆若桔毫不掩飾自己被勾起的欲望，低低的呻吟在親吻間溢出，呼吸也急促了些。

裴聿睿先挺身拉開了距離。那清秀的面容雙頰泛紅，逆光的關係使得穆若桔一時間沒能看清她的臉色。

裴聿睿低首，唇落於胸上，一手托起柔軟的雪乳，邊想著身下這人過去都是怎麼挑弄自己的，現在，裴聿睿決定還回去。

連本帶利的那種。

思及此，裴聿睿張口含住一邊乳尖，另一手兩指擰起另邊乳果，不輕不重地揉捏，挑逗得恰如其分。

穆若桔瞇起眼，微張的唇溢出柔媚的輕吟聲，別於平日的清冷低嗓，如根羽毛搔癢，撓得讓人難以招架。

指腹按壓了下乳尖，腰肢隨即難耐地扭動了下。

裴聿睿注意到了。

裴聿睿放開那被自己舔弄溼潤的乳尖，挺起身，兩手摸上柔軟胸脯，眼中有些許笑意。

「比起用揉捏的，用按壓的會更有感覺，是嗎？」裴聿睿一邊道，一邊兩手摸上早已悄然挺立的乳首，用大拇指輕輕捻按。

「嗯……」

下身沒忍住地擺動幾分，穆若桔的呼吸更為急促，她抬手方橫過眼上，隨即被拉開。

「看著我。」

裴聿睿的面容近在眼前，眼中倒映著自己的身影。

「看清楚唯一能在妳身上的，是誰。」

裴聿睿沒有忘記昨晚在房間見到的，那凌亂不堪的一切。

穆若桔唇角微揚，抬起手，摸上裴聿睿的臉頰，輕道：「那妳得更努力了。」

穆若桔仍是穆若桔，即便被壓在身下、身體因為雙乳的挑逗而起反應，仍舊那樣傲然。

讓人更想恣意征服、讓人更想一探沉淪欲望的模樣……

裴聿睿的腰忽然前後動起。

她的臀部往穆若桔下身花處挪去，隔著質料極好的底褲，坐於藏在稀疏恥毛中的肉粒。

即便隔著褲料，兩人都能感受到彼此滾燙的下身，正貼在一塊。

裴聿睿一手放在穆若桔腰上，另一手，摸上了柔軟的乳肉，與此同時，腰肢前後擺動。

穆若桔怔了下，下身一緊，感到口乾舌燥。

這是……女上位？裴聿睿什麼時候懂的？

穆若桔因震驚而出神的片刻，給了裴聿睿極好的機會。她迅速拿過隨意扔在一旁的襯衫，拉高穆若桔的雙手，用衣袖將人給綁了起來。

「裴聿——嗯……哈……」

裴聿睿拉下了穆若桔的底褲，起身，背著穆若桔再次跨坐上去。

這是……

在感覺到花處腫脹不已的溼潤肉粒，被舌尖輕輕舔了下時，穆若桔渾身一顫，同時確定了……

這是六九式。

♡

當攻好累。

這是在裴聿睿跨上穆若桔後，試圖揮舞反攻大旗、展開當攻大業時，腦海不自覺冒出的想法。

太沒志氣了。

其實裴聿睿不太確定自己在幹麼，她就是記得曾在影片中看過類似的，於是秉持著實驗精神試一試，然後……

好累，這姿勢讓腰好痠。

不過這頭都洗一半、人都給舔溼了，沒道理停在這不繼續下去。

畫面是挺好的，香豔刺激又是第一視角，遠邊還有清澈海水、厚毯四周是澄黃金沙，挺有一回事的。

不過……接下來怎麼做？

捆住穆若桔雙手的襯衫衣袖並未綁死，於是在裴聿睿停頓的片刻，穆大總經理便自己給自己鬆綁了。

然後，愜意地看著眼前風景，忍住沒有動作。雙腿大開面朝大海雖然是第一次，可她並不會感到排斥。

不過，不感到排斥不代表可以一直保持這種姿勢不為所動。穆若桔微抬眉梢，就想看看小祕書到底學了什麼，又可以實戰到什麼程度。

穆若桔告訴自己，要忍住，不要真念出小祕書使出的招式名，那感覺會有點……童趣。

穆若桔絕對不是在說寶可夢，不是。

身上的裴聿睿動了下，穆若桔想著這小祕書應該是心理建設足了，正準備閉眼享受時，忽而凌亂的髮絲先一步遮目蔽日。

「……」吃了自己頭髮的裴聿睿停下。

「……」臉沾上一些沙的穆若桔沉默。

會隨風揚起的，可不只是髮絲，還有細沙。一陣風來，捲起沙塵與海味，弄得兩人一身腥。

彼此靜默的這一刻，海浪聲顯得特別嘲弄。

而身下那人明顯落井下石的悠悠嗓音讓裴聿睿更感絕望。

「妳有沒有覺得，我選的『車震』顯然文明許多？」

裴聿睿恨不得掐死早些提出「去海邊」的自己。媽的，看什麼A片？A片都假的啦。

穆若桔終是沒忍住地大笑幾聲，裴聿睿窘迫地站起身，狠狠踹了上司一腳，拿走外套匆匆披上，再拿著自己衣物迅速走回車上。

相較之下，穆若桔顯得泰然自若許多，捲毯裹身後也回到車上穿衣，看上去倒是相當愉悅。

「裴——」

「閉嘴，我現在不想跟妳說話。」副駕駛座上的裴聿睿現在承受不了任何刺激，好不容易抓到反攻的大好時機，就這麼讓放飛自我的淫念給擊潰了，裴聿睿真的有苦難言。

所以她閉上嘴，不說話了。

穆若桔知道這事是有點傷自尊，於是沒再落井下石，帶著愉悅的心情朝著不遠處的目的地駛去。

沒想過這段越過半個山頭的旅程，身邊能有裴聿睿，穆若桔是真的很高興。

縱然有些插曲，也會是很美好的回憶。

而副駕駛座上，一夜未眠的裴聿睿在氣力與恥度皆用盡之後，一沾上車椅便昏睡過去。

路遙漫長，可兩個人一同前行，便不會孤單了。

這種感覺讓穆若桔感到相當陌生，但卻不討厭。愈是駛近那人的長眠之地，過往回憶便愈漸清晰。

穆若桔有時覺得，莊采芝挺不講道理的，自顧自地香消玉殞於最好的年華，那麼往後想起她時，便永遠都那麼耀眼、那麼明媚。

穆若桔從未忘記過，曾不顧一切地大步奔赴過——只因莊采芝在那間大學等著自己，成為學姊學妹。

車過山彎，眼前一片遼闊。

「妳可以更相信自己一點，若桔。」

穆若桔記得莊采芝總是這麼同自己說，總是用炯炯有神的雙眼，說著那些不可思議的話。

「妳值得更好的，妳絕對有能力往上走。」

年紀尚輕、涉世未深的穆若桔聽著這話並未感到飄然，只感到茫然。她不過是在莊采芝抱怨自家父親給予的案子太難分析時，說出了自己的一些看法。

然後，就見到莊采芝閃閃發亮的眼睛。

那時的穆若桔並不強大，被人誇讚也習慣閃躲與否認，一般人遇上這樣的她只會客氣地微笑，可偏偏莊采芝不一樣。

她要穆若桔相信，那些別人給予的肯定都是真的。

當時想不明白的，多年後再次回想，是看得愈發地清楚了。

年少的穆若桔總是不明白當初的莊采芝在想些什麼。

在上大學有機會與莊采芝有更密切的來往後，穆若桔因此得知莊采芝的家庭背景與身世，以及她有個同父異母的異姓妹妹。

「若桔，我有時候覺得……妳比我的親妹妹，更像我妹妹。」

莊采芝不只一次這麼說過，而穆若桔也不只一次想過，她想做的，從來不只是「妹妹」而已。

對於莊家的私事，莊采芝同穆若桔說了許多，而穆若桔一直只是當作故事來聽，並不覺得自己會在未來的某一天，成為其中的故事之一。

「喜歡」這種情感，果然會讓人膽怯，也會讓人勇敢。

所以，穆若桔才會在莊采芝貼近抱住手臂，一邊開口撒嬌要她前往莊家赴生日宴時，鬼使神差地答應了。

在感覺到轎車停下時，裴聿睿迷迷糊糊地睜開眼。

車面大海，背朝山稜，旁有茶園，此處風景美不勝收，使得裴聿睿一下就清醒了。

「醒了？」

站在車外的穆若桔餘光瞥見車內動靜，於是靠近車門，彎下腰，見著方睡醒的裴聿睿摁下車窗，仍面帶微怒，有些忍俊不禁。

忽地，衣領被人一拽，穆若桔往前幾步，裴聿睿清秀冷淡的面容在眼前放大數倍。

「妳欠我一次。」

穆若桔也不爭辯，低低地嗯了聲，看進了裴聿睿眼裡，薄唇微張。

「這輩子都抵給妳了。」

3

踏入莊家，是穆若桔這輩子少數感到後悔的事。

「我一直認為，後悔是沒有用的。」

在無人的墓園中，穆若桔的聲音顯得特別清亮。話音雖輕，可裴聿睿聽得清清楚楚。

包括字句中藏著的掙扎與悔恨，裴聿睿也聽出了。

穆若桔在裴聿睿心中是不會脆弱、不會懊悔，相信每件事情、每項選擇，都是有代價的。

面對命運，穆若桔將會永遠昂首傲然。

可現在裴聿睿才知道，那只是穆若桔一部分的樣子。她也會懊悔、茫然，也曾懦弱過——這是過去的裴聿睿，不可能有機會見得的模樣。

但是，並不討厭。

走入一個人的生命中，裴聿睿曾對此感到遙不可及，認為這是一輩子都難以發生的事。

可現在，卻是進行式。

對於一個人的過去，無須窺探也不必打探，便能自然而然地走入其中，這種感覺滿好的。

於是，裴聿睿便揣著些許愉快的心情，隨口調侃了句「妳參加莊家的生日宴，是見世面還是砸場子的？」沒料到穆若桔下句一落，那點好心情便蕩然無存。

「是去被鄧婧然找上的。」

那是穆若桔始料未及的事。

因為莊采芝的懇求，穆若桔去了那場不屬於自己，只屬於莊家的生日宴，雖然感到不自在，但想到能參與莊采芝重要的生日，那點抗拒便煙消雲散。

莊采芝是被莊楚泰捧在掌心疼的孩子。

——這是在穆若桔踏進莊家後，腦海冒出的第一個想法。

若不是捧在掌心、疼在心裡，是不會為了簡單的二十一歲生日，如此大費周章、如此砸下重金。

一切只為了讓自己女兒開心，如此而已。

「等一下，我可以提出一個疑問嗎？」裴聿睿聽著覺得違和，忍不住出聲打斷。穆若桔應聲側過頭，兩人四目相迎，裴聿睿話音未落，穆若桔先開了口。

「妳是想問，為什麼莊采芝可以在家過二十一歲生日嗎？」

裴聿睿怔了下，她確實是好奇這事，也沒忘記莊采芝回到莊家是不被祝福與接納的。

可這世間有陰晴圓缺，自然也有潮起潮落，沒有人能永遠站在頂端，享受無盡的榮華富貴。

鄧家自然也沒能逃脫無情的命運造化弄人。

無人想過，包括鄧家上下，都認為這樣的政治世家會世世代代地傳承下去，獨霸一方、屹立不搖，無人能敵——唯一不敵的，竟是自己的貪欲。

「我也是後來才知道，在莊采芝剛升高中時，她媽媽那邊捲入了貪汙案。」穆若桔如此道。

政治弊案並不足以大驚小怪，可若同時危害國安與洩露機密，那就是全國等級的要事了。鄧家就是惹上這事，且無法洗清與脫身。

自此之後，鄧家家道中落，勢力不再，過去疆圖也在一次次的改選與重組一點一滴被瓜分，被各處崛起的政治新星與長期屈於次位的地方勢力吞食殆盡。

鄧家榮景不再，對於莊楚泰的約束力自然也跟著薄弱，遑論此時的莊楚泰已然叱吒商場、雄霸一方，不再是當年那個兩手皆空的小夥子。

在莊采芝成年時，對於鄧家、對於鄧苓蘭，莊楚泰不再低頭，不只力保甚至是厚愛與自己同姓的莊采芝。

「妳若為此感到不滿，就帶著鄧婧然走吧。」莊楚泰曾對著歇斯底里的鄧苓蘭冷淡道。

最後，鄧苓蘭沒有帶著鄧婧然離開，一家人仍聚在這屋簷下，但早已四分五裂，而在鄧婧然升上大學後，便藉機獨自離家生活，鮮少回來。

「所以，當我跟莊采芝同時看到鄧婧然時，我們一樣驚訝。」穆若桔說。

該怎麼形容鄧婧然呢？大抵是四個字，一眼難忘。

對穆若桔來說，不僅是因為鄧婧然是莊采芝的妹妹，更是因為對自己來說，鄧婧然不過是活在故事中的人物，沒想過未來有一天，會在這種場合親眼見到。

而穆若桔永遠記得，當時莊采芝的表情。

那是當時的穆若桔無法明白的神情。在震驚之餘，那張清秀的面容浮現一絲難過，可唇角卻揚起了開心的笑容。

……為什麼呢？

回過神的莊采芝，連忙拉著穆若桔去見自家父親，滔滔不絕地介紹自己學妹有多優秀、有多出類拔萃，聽得穆若桔都有些不自在。而對於莊楚泰來說，既然是愛女喜歡的朋友，那麼他也會跟著喜歡。

再者，當莊采芝說起幾項專案都是由穆若桔從旁協助分析時，莊楚泰對於穆若桔的好感便油然而生，記住了這年輕聰穎的孩子。

「不過，把拔，是你叫妹妹回來的嗎？」本聽著愛女親暱地喊了聲「把拔」心情挺好，一聽到下句，面上表情險些掛不住，但很快地，他便自然地笑道：「不知道呢，不過多一個人就是多一份熱鬧，這樣也挺好。」

莊楚泰臉上細微的表情變化沒逃過穆若桔的雙眼，也讓穆若桔認為自己可能不適合在旁參與，於是藉故要去趟洗手間。

莊采芝本想盡地主之誼親自帶穆若桔去，但穆若桔婉拒了，莊采芝也不勉強。

走過長廊，盡頭便是廁間。穆若桔方一腳踏入，便聽到後頭有人叫住自己。

穆若桔停住，回過頭，不禁一愣。

「妳……」

身後那人便是早些時候見過的鄧婧然。她雙手抱臂，神情淡漠，五官精緻，眼神銳利，打量般地上下掃視，開口道：「是她的替代品吧？」

聞言，穆若桔不禁皺眉，不解地望著鄧娋然。

替代品？

「若桔。」

一道熟悉的好聽女嗓從旁傳入，打斷了鄧娋然與穆若桔之間的談話。鄧娋然看了眼莊采芝，再收回視線，意味深長地瞅著穆若桔。

那樣的眼神，看得穆若桔心裡起了疙瘩。

莊采芝走近二人，鄧娋然則一語不發地邁步離開。在與莊采芝擦肩而過時，穆若桔清楚見到鄧娋然的微笑。

——那是個毫無溫度的虛偽笑容。

「抱歉抱歉，現在才來找妳。」莊采芝親暱地挽起穆若桔的手，歡快道：「走走！我們去吃好吃的！」

莊采芝的笑容一如既往的明媚，可穆若桔第一次覺得有些刺眼。

「替代品」三個字，是太強烈的詞語。

於是，在莊采芝往前走時，穆若桔停下了。莊采芝不經意地回頭，便迎上穆若桔盈滿情緒的雙眼。

「我可以……問妳一個問題嗎？」

莊采芝的笑容收起幾分，淺淡了些，毫不遲疑地點頭。

「為什麼妳要對我這麼好？」

話音落下，穆若桔在心中預設了許多種答案，可莊采芝的回答，是穆若桔怎麼也想不到的。

「因為我在利用妳。」

穆若桔一怔。

莊采芝神情淡然，語氣平緩，直看著穆若桔。

「我利用妳的才能與天賦，這是事實。」莊采芝往前一步，伸手拉過穆若桔的手腕，指腹輕輕摩娑。

「我想把我所擁有的一切，全部交給妳，這也是事實。」

穆若桔看進莊采芝的眼裡，一如既往的澄澈乾淨，面色堅定不移。

在莊采芝眼裡期望的未來，有穆若桔的身影。

「……為什麼？」

為什麼是自己？為什麼願意捨棄這一切？為什麼能輕易交付外人——無數疑惑湧上心頭，卻因莊采芝的一句話，便什麼都明白了。

「其實……我一直都有男朋友，瞞著所有人偷偷交往很多年了。」

穆若桔怔住了，全身血液彷彿凝固。一股冷意自心底快速蔓延，胸口脹疼。

總是明亮又耀眼的莊采芝，原來也會露出這種表情……羞澀中帶著喜悅，是穆若桔不曾見過的模樣。

而她，一直喜歡這樣的莊采芝。

兩人走回庭院的路上，莊采芝同穆若桔說了許多。那些話，在多年以後，轉述給了裴聿睿。

「莊采芝有個日本男友，兩人從高中就開始交往，瞞著所有人維繫多年感情。莊采芝想著，大學畢業後，就要搬到日本跟男友同居，去過自己想過的生活。」

牽著穆若桔的那隻手，微微地握緊。穆若桔停下，見到裴聿睿正凝視自己，神情如往常般清冷，毫無波瀾。

穆若桔回握幾分，頓了下，繼續道：「……可是，她有放心不下的事情。」

例如，莊楚泰。

莊采芝一直都知道，父親一向對自己寵愛有加，向來要什麼有什麼，而她也知道，她那名義上的母親並不喜歡自己。

但其實，莊采芝挺喜歡鄧家母女的，無論是鄧苓蘭也好、鄧娟然也罷。與此同時，她也可以理解自己被討厭的事實，也為此感到些許愧疚。

「也許我離開，對大家都好。」

當莊采芝這麼告訴穆若桔時，臉上並無哀戚，反倒坦然自得，繼續歡快地說：「只是在我離開之前，我想把一切都打理好。」

莊楚泰是莊采芝在臺灣的唯一牽掛。對莊采芝來說，為愛離開家鄉前往異國，是一件相當容易的事。

但莊楚泰，她放心不下。

「在我成年之後，我爸總有意無意地跟我提到公司的事。雖然總是用開玩笑的語氣說『公司以後就交給妳了，別弄垮了』，但我知道，他是認真的。」

而那不是莊采芝想要的，同時，她也無法狠心拋下對自己寄予厚望的父親遠走高飛，什麼都不顧。

「這個時候，妳出現了。」

庭院中，人聲鼎沸，前來莊家為莊楚泰愛女祝賀的人並不少，但或許這些人中，只有穆若桔是真心慶賀莊采芝的生日，所以，莊采芝願意向穆若桔傾訴。

「今年我的生日願望，其中一個，就是給了妳。」

穆若桔無法查證莊采芝所言是否為真，可她的心跳因此漏了一拍，是真切的。

「我希望妳能擁有，妳所值得的這一切。」莊采芝的笑容燦爛，如頂上豔陽，暖烘烘的。

「是若桔的話，就一定沒問題的。」

回首想來，那到底是祝福？還是束縛呢？穆若桔不知道，只知道自己只管往前走。

走到公司內部，明面上是莊采芝的助理，從旁協助庶務，暗地裡與莊家派系的高層建立關係，日漸站穩腳步。

「妳說……妳靠攏的是莊家派系的，那另外幾派是？」當裴聿睿提出疑問時，穆若桔彎彎唇角。

趁著裴聿睿毫無防備時，穆若桔湊近裴聿睿耳邊，很快地舔了下，低道：「妳對事情的敏銳程度跟身體一樣敏感呢。」

「……」裴聿睿一臉厭世，想著鑑賞期過了沒？可以退貨嗎！

穆若桔輕笑幾聲後，似是想起些什麼，神色一斂，半晌，才開口：「另外一派擁護的，是卓璟妍。」

裴聿睿一怔，欲說些什麼，卻在聽到下句時，瞬間啞然無語。

「那時撐起卓璟妍的，是鄧婧然。」

裴聿睿想起卓璟妍同自己說的那些話。

在穆若桔與自己說上許多後，裴聿睿覺得，自己也有必要對穆若桔有一定程度的坦承。

裴聿睿並不怕事，也非刻意隱瞞，對她來說，只分為「必要」與「不必要」。

很顯然的，穆若桔已被歸類於「必要」那一塊，於是，裴聿睿開口道：「昨天下午，我在卓璟妍房裡。」

有些事情一旦開始在意了，似乎便是覆水難收，連句簡單的話語都忍不住顧上對方的心情。

裴聿睿覺得自己頗沒志氣，但穆若桔倒是挺高興的，眼裡含著些許笑意，直瞅著裴聿睿。

見狀，裴聿睿雙臂起了雞皮疙瘩。媽呀，冰山談起戀愛根本噁心人，開心成什麼樣？

而裴聿睿不知道的是，自己也笑得噁心巴拉的。

「所以，妳去她房裡幹什麼？」開心歸開心，正事還是得問，穆若桔不打算一笑而過，理當要刨根問底。

雖然這話題是由裴聿睿開啟，但該怎麼解釋這來龍去脈呢……

見裴聿睿默不吭聲，穆若桔也不催促，只是牽著她走到一旁涼亭，再自己走去販賣機買飲料。

見著穆若桔高䠷挺然的身影，裴聿睿想到自己仍在M公司工作時，初次見到的卓璟妍。

在公司裡位居高位的卓璟妍，身姿同樣傲然，可與穆若桔相比，似乎少了一分瀟灑。

卓璟妍與莊采芝有極其相似的成長背景。

同樣是含著金湯匙出生，家境優渥，人生若無差錯便是一世坦途。有些人一出生便準備好了萬貫家財，也有些人努力大半輩子仍是勉強餬口。

卓璟妍與莊采芝最大的不同之處，是一個穩妥地走上父親鋪設好的康莊大道，另一個則是展開翅翼，朝往自由奮力高飛。

裴聿睿不知道自己比較喜歡哪一個，她只知道，自己曾對卓璟妍感到憤怒——

在知道卓璟妍是M公司董事長的女兒時，裴聿睿覺得，自己的努力簡直就是一則笑話。

事實上，她那些搬得上檯面的亮眼表現、平步青雲的升職，都被簡單概括為與卓璟妍有「私交」。

非常親暱、非常密切的那種「私交」。

這讓裴聿睿感到怒不可遏，但無能為力。她與卓璟妍在大學以前都是青梅竹馬，這是鐵錚錚的事實。裴聿睿在M公司中都是有卓璟妍暗中相助，這也是無可搖撼的事實。

可裴聿睿不知道。

裴聿睿什麼都不知道。

裴聿睿不知道那總跟在自己屁股後面的青梅其實是集團千金，也不知道自己進入的M公司，裡面待著斷聯多年的青梅。

面對那些流言蜚語，裴聿睿感到悵然，無力、無奈與心酸，最後讓她黯然地離開M公司，那些日以繼夜的努力，全化為烏有。

迷茫之際，裴聿睿見到一篇經濟日報報導，封面人物是K公司的總經理——穆若桔。

裴聿睿想起多年以前曾在臺下仰望臺上的穆若桔，那時心裡油然而生的敬畏，目光再移不開。

「……妳什麼時候喜歡我的？」

當冰涼的罐裝飲料放到裴聿睿手邊時，穆若桔聽到裴聿睿問了這麼一句，早該好好傾訴的事。

穆若桔坐到裴聿睿對面，單手支頭，凝視著裴聿睿清秀的面容。

一如初見的美好。

「第一眼。」穆若桔拆下手中的吸管套，再拉過裴聿睿的手，語氣低緩地繼續道：「在公司看到妳的第一眼，我就喜歡了。」

手指感到一陣麻癢，裴聿睿低眼一看，中指上多了一個吸管套綁成的戒指，圈住她的手指，似乎也想將她的下輩子一同圈養。

穆若桔正安靜地期待著裴聿睿的反應，可沒想到裴聿睿的臉色有些微妙，但也沒有摘掉。

裴聿睿抬起手看了看，再五指握住，對著穆若桔單獨伸出那隻中指問道：「這是什麼意思？妳是垃圾沒地方丟，所以綁我手上嗎？」

「……」

穆若桔深吸口氣，瞇了瞇眼，「這大概是我心裡很幹的意思。」

穆若桔差點就忘了，裴聿睿的腦迴路異於常人，不講白點就會被解讀成另外一種意思。

自以為浪漫的穆總經理面子有些掛不住，什麼日暖風和、春光明媚，是個適合告白的天氣，當對象是裴聿睿時，直被澆一頭冷水，彷彿有風從墓園颳來，心底冷颼颼的。

裴聿睿哦了聲，順手就想把吸管套當作垃圾起身找垃圾桶丟掉，被穆總經理瞪了眼後，硬塞在掌心。

「妳給我留著，不准扔！」

嘖，這人什麼時候這麼有公德心？連扔個垃圾都不准……裴聿睿在心裡嘀咕，便聽到穆若桔說：

「那個卓璟妍有沒有跟妳告白過？」

提到卓璟妍，裴聿睿就感到心累。她揉了揉太陽穴，不禁脫口道：「關於這個……我必須說，還好我跟妳未來不會有小孩，不會有誤交青梅竹馬的困擾。」

話落，裴聿睿才感到這話哪裡不對，便看到穆若桔臉上，那別人看來彷若是霜雪消融的美麗微笑，但在她看來就是浪蕩邪淫。

「妳是該慶幸我們不會懷孕，不然妳早就替我生一窩孩子了。」穆若桔說。

「……」

靠北，遇人不淑。

第十章

被穆若桔調戲一把後，裴聿睿翻個白眼，無視邪淫笑容繼續道：「不好意思喔，跟妳的『初戀史詩』相比，我的既平淡又庸俗。」

穆若桔沒膽得寸進尺，只敢暗笑在心裡。人家說戀愛會有股臭酸味，吃醋大抵也是同樣道理。

裴聿睿想了下，這麼定義自己與卓璟妍的關係——

冤家路窄，狹路相逢。

若非家住隔壁，從幼稚園同校到高中，參與了彼此人生大半輩子，又何來後來的憤怒與失望……

「在高中畢業時，卓璟妍一聲不響地消失後，我就當她不存在了。」像尾牙宴上所唱的那首〈晴天〉一樣，最後還是說了「拜拜」。

不是再見，是「再也不見」。

「可偏偏卓璟妍後來又出現了，但我們都不太一樣了。」

裴聿睿不再是高中時的熱音社主唱，不再懷抱著不切實際的夢想，對現實屈服，選擇有前景的科系，再進入大公司實習，輾轉來到K公司。

在M公司時，裴聿睿曾想過要一展長才、大展抱負，將工作當作事業來看待。在未被現實撕裂之前，她確實過得挺快樂的。

當初有多期望，後來就有多絕望。

「所以，妳有想過回M公司？」穆若桔不知道裴聿睿到底是憤慨多一些？還是惋惜多一點？又倘若卓璟妍繼續糾纏下去，裴聿睿會不會動搖呢？

站在客觀角度來說，「裴經理」聽上去是比「裴祕書」大氣許多。

「沒想過。」

穆若桔看向裴聿睿，見到她的淡然與肯定。

「雖然每次被妳氣得半死的時候，都想過要甩手走人，但是……」裴聿睿頓了下，聲細如蚊，「我想為妳做事。」

「成為強者」與「為強者工作」這兩者，在遇見穆若桔之前，裴聿睿以為自己趨向前者，但在遇到穆若桔之後，裴聿睿才明白，自己更喜愛後者。

比起成為管理者，裴聿睿更喜愛為穆若桔工作，且願意竭盡所能地協助她，永居高位。

永遠是那位傲然得不可一世的穆總經理。

聞言，穆若桔眼彎了彎，見著裴聿睿難得的坦率心裡歡喜，愉快道：「白天妳替我做事，晚上我餵飽妳，嗯，挺好的，各司其職。」

「……」裴聿睿不禁想，哪天不小心失手掐死穆若桔也絕非不可能。

穆若桔輕笑幾聲，似是想起什麼，收起幾分笑容，話鋒一轉，凝視裴聿睿問道：「那麼，離職信就不算數了？」

「離職信?」裴聿睿一臉困惑,沒明白什麼意思,穆若桔接著道:「妳抽屜那封。」

裴聿睿想了下,頓時恍然大悟,神色微妙地看著穆若桔,「妳沒打開來看?」

穆若桔眉梢微抬,顯然穆大總經理沒有用玉手拆信過,自然也不知曉信中內容。

裴聿睿輕吁口氣,不置可否地說:「那是M公司的離職信。」

穆若桔微愣,聽著裴聿睿繼續說:「在決定離開M公司後,我寫了兩封一模一樣的信,一封呈交給上頭,另一封,我帶在身上。」

古時越王勾踐舔嘗苦膽,時時警惕自己不忘所受苦難,等著復國,而裴聿睿將離職信放在自己抽屜中,以此提醒自己,不要鋒芒畢露、不要嶄露頭角,要低調、要內斂。

見著穆若桔瞭然的神情,裴聿睿忽然意識到一件事。

「……等一下,這就是妳最近重拾良心的理由嗎!」

「不要說得我平常都沒良心似的。」

四目相迎,凝視彼此,有什麼在悄然之間改變了。裴聿睿有些耐不住這種氣氛,先別開了眼,開口道:「我去卓璟妍房間,不是為了回M公司,也沒有發生任何事……我只是聽她說了,關於妳們的事。」

那是在裴聿睿與卓璟妍斷聯的大學四年間發生之事。

「不知道該說幸還是不幸……」每當卓璟妍想到這段崎嶇的過往,總是忍不住苦笑,「很不巧的,我與鄧婧然就讀同樣的大學。當我進入大學時,她恰巧畢業。」

大學教授偶有要事請假是稀鬆平常的事,而當教授請假時,常是由助教代課。

「下週，我有場會議要參加，可能回不來。」臺上的教授在下課前五分鐘，向全班告知了這個消息，當時，卓璟妍也坐在臺下。

正當卓璟妍與其他人一樣，都以為下週可以賺到一次空堂時，教授忽然看向門外，喊道：「妳進來吧。」

隨著話音落下，全班靜下，所有視線匯聚於門口——

一身褐色風衣的鄧婗然，腳踩低跟鞋，挺首昂然地走上講臺。她先與教授點頭打個招呼，便轉向臺下，環視全班。

卓璟妍永遠記得，鄧婗然最後視線落到自己身上時，那幽深的目光。

「我是鄧婗然。」

在那一瞬間，卓璟妍總有種錯覺……鄧婗然是在對著自己這麼說。

「我是你們的學姊，目前已經畢業了。下週會由我代課，再麻煩大家多多配合。」

全場譁然，無不躁動。

當每個人都在討論鄧學姊有多漂亮時，只有卓璟妍感到一絲違和。

那樣的眼神……彷彿像被盯上似的。

後來，卓璟妍便知道，這並不是自己的錯覺。

ღ

「卓同學。」

下課後，卓璟妍收拾桌面物品準備去學餐吃午餐時，忽地被叫住。

卓璟妍停下，回頭見到剛替教授代完課的鄧婧然，不禁愣住。

鄧婧然走下講臺，走到卓璟妍面前，彎起唇角道：「中午有事嗎？要不要一起吃午餐？」

鄧婧然的音量不大，只有卓璟妍聽得著，於是談話內容更讓周圍的人好奇不已。卓璟妍被盯得有些不自在，快速地應聲好，扭頭走出教室。

鄧婧然在後隨意跟上，與卓璟妍相比，顯得泰然許多。兩人一前一後，走往食堂。

卓璟妍思緒混亂，不明白為什麼只見過兩次面的學姊會找上自己？她倆能有什麼關聯？

卓璟妍很快地想到父親，但她馬上把這想法從腦海中抹除。

自懂事之後，卓璟妍便意識到家裡環境與一般家庭不同，而自家父母也時常警惕卓璟妍，為人要低調，不要隨意提及家境，久而久之，卓璟妍便習慣隱瞞家事。

連自己最喜歡、也最親近的裴聿睿，卓璟妍都未曾提過半分，更遑論初識的鄧婧然。

「等一下。」

卓璟妍停下，回頭見到鄧婧然站在學校景觀餐廳樓下，指著二樓說道：「我們吃景觀餐廳，學餐人太多了，可以吧？卓家的大小姐。」

卓璟妍的臉色難看，咬牙跟了上去。

學生一般是不會來景觀餐廳吃飯，多是懶得走出校外的教授會帶賓客來這用餐，所以卓璟妍與鄧婧然的出現便顯得有些突兀。

不過，鄧婧然彷若渾然未覺，自然地找了靠窗的空位坐下，發現卓璟妍並未一起坐下。

鄧婧然抬頭，便看到卓璟妍面色鐵青地站在桌旁。鄧婧然眉梢微抬，似笑非笑地看著她，開口道：「不吃嗎？」

「我跟妳，似乎沒有什麼好說的。」

見卓璟妍豎起的戒備，鄧婧然不以為意地拿過桌上冷水壺與水杯，逕自為彼此倒了水。

「是嗎？我覺得我們會挺有話聊的。」鄧婧然說，「M公司與我們K公司，不是挺有關係的嗎？」

卓璟妍一怔，愣愣地看著鄧婧然，一時間有些啞然。

「妳……」

鄧婧然指了對面空位，眉彎眼笑，「一起吃頓飯吧，妳會想跟我聊聊的。」

對卓璟妍來說，確實沒理由不與K公司莊總經理的女兒共進午餐，同時，她也想知道，敵對公司的女兒找上自己，意圖為何。

於是，卓璟妍選擇留下來了。

倘若那時的卓璟妍選擇甩手走人，將這一切當作笑話一場，那麼，之後還會認識穆若桔嗎？

卓璟妍不知道。她只知道，正因為那當下她選擇留下，所以，才會有機會一窺莊家私事——

「難道妳們M公司，只有如此嗎？」

那是一個太過輕蔑的語氣，卓璟妍欲發怒，很快地聽到下句，瞬間失色。

「——難道沒有想過，要吞下K公司嗎？」

卓璟妍面上掩藏不住的驚愕令鄧婧然失笑，看著她的目光幽深幾分。

「所以我說，妳會有興趣的吧？」

那是一個命運的分岔路口，正因為卓璟妍選擇留下，才知道，原來她以為強大的莊家其實如同一盤散沙，隨時會垮下。

這確實引起了卓璟妍的興趣，但卓璟妍對於鄧婧然並非因此全然信任，反倒忌憚萬分，不認為真會有這種事。

然而那天之後，兩人之間的聯繫緊密，不曾中斷過，而鄧婧然也時不時地放出公司的機密消息，令卓璟妍的戒備日漸鬆懈。

可真正讓卓璟妍動搖的，是裴聿睿的出現，以及，後來的無能為力。

在裴聿睿被人誣陷與抹黑時，是卓璟妍伸出了手，可那手沒能將裴聿睿拉出深淵，反倒推入另一個地獄。

卓璟妍也意識到，自己不夠強大。

正因為不夠強大，所以只能眼睜睜地看著裴聿睿的才能埋沒於爭鬥之中，黯然離開。

於是，卓璟妍下定決心，要堅持己見、一意孤行，目光投向死敵K公司。

可在這時候，鄧婧然卻讓這一切戛然而止。

「不需要妳了，璟妍。」

卓璟妍怔怔地看著鄧婧然，不明白地顫顫道：「鄧學姊，我不懂……」

鄧婧然讓卓璟妍這麼喚她，不遠不近，關係卻千絲萬縷。

「我選擇別人了。」鄧婧然如此道。

凡有計畫，便有意外。

卓璟妍看著鄧婧然，她總不明白鄧婧然在想些什麼。鄧婧然是過於理性的人，喜怒不形於色，讓人捉摸不透。

卓璟妍不知道的是，其實連鄧婧然自己也感到意外。

找上卓璟妍並非耍弄對方，討著娛樂。鄧婧然是真心想過要讓莊楚泰感到痛苦，將他一生的心血全部端給別人。

沒有什麼比被敵對公司吞下更讓人難受。

一切都在鄧婧然的規劃中，可沒有預料到的，是穆若桔的出現——

穆若桔的出現，令鄧婧然有了前所未見的動搖。

金錢可以量化，可感情不行。

鄧婧然不知道、也沒想過，有一天，自己會動情，動情的對象，甚至是穆若桔。

那是莊采芝託付的人。

鄧婧然可以輕易掌握各式艱澀難懂的財務知識，但怎麼也計算不出對穆若桔的喜歡，到底有幾分。

鄧婞然只知道，這份喜歡，可以讓自己將選擇直向穆若桔。

不過，鄧婞然很清楚，當時在莊采芝身邊的穆若桔被保護得太好，使得穆若桔欠缺蛻變，所以，她做了一個決定。

ღ

「直到認識鄧婞然，我才知道，我並不了解莊采芝。」

穆若桔的語氣平淡，望著裴聿睿的目光似近似遠，似乎想到了些什麼。

「……我連自己是莊采芝的絆腳石，都要別人告訴我。」穆若桔說。

時間長短之感受並非是種絕對，而是相對性。

學生時期時，總認為大人口中談論的「未來」是久遠之後的事，事實上，眨眼而過。

那時跟在莊采芝身邊的穆若桔，在心底總隱隱期盼這樣的日子可以持續下去，甚至是讓莊采芝回心轉意，就這麼待在臺灣不走了。

那時的她，是願意的。願意一輩子跟在莊采芝身邊，幫著莊采芝做事，日益壯大K公司。

可穆若桔沒有想過，莊采芝早已去意已決，只是一直在等待自己長大。

「妳什麼時候才可以獨立？」

那是鄧婞然再遇穆若桔時，說的第一句話。

穆若桔一如往常地跟著莊采芝在K公司上下跑動，在獨自去趟茶水間時，遇到了鄧娟然。

穆若桔是感到意外的，但見對方的面色，便瞭然這不是偶遇，而是在鄧娟然的預期中。

一碰上穆若桔，鄧娟然便開門見山地說道：「妳是不是什麼都不知道？所以才這樣安然度日。」

「安然度日」四個字，如同一根針扎在穆若桔心上，令她無法大聲反駁。

鄧娟然瞅著穆若桔，那張生得極好看的臉，天生長得精緻又伶俐，可因為被保護得太過穩妥，又過去的經歷令她不自覺自卑幾分，眼前的穆若桔便顯得過於天真乖順。

似乎永遠長不大似的。

旁觀者清，當局者迷。惟有穆若桔本人不知曉，身旁的莊采芝、鄧娟然皆看在眼裡，而兩人做出了截然不同的決定。

一個選擇包容與等待，等待穆若桔自己破殼而出；另一個，決意要穆若桔即刻做出改變。

鄧娟然做出的決定，就是不與莊采芝討論，擅自將莊采芝隱瞞之事，告訴穆若桔——

「莊采芝已經答應男友求婚了，妳知道嗎？」

穆若桔怔住，錯愕地看著鄧娟然。見著對方毫無玩笑的臉色，穆若桔胸口一揪，心如刀絞。

鄧娟然的目光清冷，淡淡地開口接道：「她放心不下妳，所以，遲遲沒有離開。」

這一刻，穆若桔才意識到，自己不再是小孩子了，該長大了，既然她已經決定承擔，且答應了莊采芝，便不能繼續躲在對方的羽翼之下。

「大抵是從那一天起，我便主動拉開與莊采芝的距離。」穆若桔說。

說至此，裴聿睿才從穆若桔臉上看到一絲遺憾。

但那眼神，是不後悔的眼神。

說是自以為是也好，待在穆若桔身邊做事也好一陣子了，裴聿睿從未感覺到，穆若桔並不熱愛這份工作。

因此，自己才更甘願為穆若桔做事吧。

穆若桔看著裴聿睿，似乎明白她想些什麼，忽地開口說道：「我必須承認，起初全是為了莊采芝，但後來，我是為了我自己——我是真的愛上了這裡，並且希望公司能一直壯大下去。」

聞言，裴聿睿不假思索地應道：「我知道。」

那是不須言明與解釋的默契。裴聿睿對穆若桔的肯定、穆若桔對裴聿睿的認同，無須多餘的註解。

「不過……莊董真的願意就這樣將公司交給妳嗎？」裴聿睿話鋒一轉，便轉到了正題上，「就算莊采芝與鄧婻然都認同妳……」

穆若桔明白裴聿睿的意思，同時，穆若桔也認為，可以同裴聿睿說些更多關於鄧婻然的事。

穆若桔沉吟半晌，才開口：「鄧婻然是我見過，最危險也最聰明的人。」

K公司由莊楚泰一手創立，可最後對公司事務最瞭若指掌的，卻是鄧婻然。

「若桔。」

每當莊采芝這麼溫柔喚自己時，穆若桔的心便會隱隱作痛，但她已經決定了，要讓莊采芝盡早離開這裡，所以，她不會露出半分動搖。

「怎麼了？學姊。」

聽著穆若桔疏遠的語氣，莊采芝並不感到失落，反倒覺得欣慰。她懷著這樣的心情，輕鬆續道：「我想妳應該多少有感覺到，但我還是想正式跟妳說一次——以後，鄧婧然會協助妳的。」

穆若桔思忖了下，問道：「我一直很想問，為什麼不是鄧婧然？」

話落，莊采芝苦澀一笑，搖搖頭，「這……爸爸的公司，她不會想要的。」

不過是一個利益互惠的概念而已。

莊采芝想守護K公司，不希望父親一生心血就此崩毀，但對於掌管公司，她無能為力；鄧婧然不希望莊家事業由莊家血脈世代傳承，所以，莊家以外的人，鄧婧然都可以接受。

利益既不衝突，自然不會是敵人。

只是莊采芝並不知道，其中最大變因，是鄧婧然對於穆若桔，有一份複雜的情感。

同時，她也未曾知曉，穆若桔那掩藏心底深處的情意。

命運是錯綜複雜的蛛網，每一個節點都是人生的分岔路口。當做出了一個選擇，必須承擔其代價。

穆若桔所承擔的，便是莊采芝的身故。

愈是年輕，愈能輕易斬斷一段關係。

莊采芝之於穆若桔，便是如此。

因為已經做了決定，決意要莊采芝安心地離開，對於臺灣的一切了無牽掛，所以，穆若桔選擇最極端的做法。

——不再相見。

所以，連莊采芝出國那日，穆若桔都沒有去送機，只是埋於報表之中，眼眶含淚，咬牙寫了一份又一份的報告。

穆若桔怕自己見了，便會放棄了。

多年後回首一看，穆若桔並不覺得那樣的自己成熟有擔當，只覺得太過自負。

人與人之間的關係，其實相當脆弱，常是一捻即碎。

仗著年輕所以氣盛，總認為未來可期，所以能輕易捨棄此刻難能可貴的關係，認為以後仍有機會再相見。

可事實上，常是沒有「以後」了。

「……我沒有見到莊采芝的最後一面。」

低語乘風，遠逝天際。

穆若桔的神情平靜，語氣淡然，可那話語卻聽得讓人難過。

「並不是措手不及、趕不上道別，不過是我太過自負，總認為自己得要做出一個成績，才有臉見她。」

莊采芝出國前的最後一別、往後無數個得以飛往日本的假期、手機裡存放的手機號碼……穆若桔有各種管道可以維繫彼此之間的關係，但她並沒有這麼做。

這些年間，穆若桔旁有鄧娟然，藉著對方的手腕與人脈，逐步掌握了公司實權，而公司創立人莊楚泰，在愛女莊采芝前往日本與愛人私奔後，打擊過大，身體健康狀況日益下滑。

在這時候，莊楚泰才發現他長年忽略的鄧娟然早已滲入公司，逐步掌握各式派系，她得以掌握的資源，早已勝過於他。

莊楚泰再管不住鄧娟然了。

於是，無論生理上或是心理上都日漸乏力的莊楚泰，只能眼睜睜地看著公司實權落到鄧娟然與穆若桔手裡。

再之後對外的公開會上，鄧娟然安排讓穆若桔亮面，等同於宣告，日後K公司再不屬於莊楚泰。

這時候的穆若桔，已然獨當一面。當掌管大權後，穆若桔大刀闊斧地整頓公司上下，其作風凌厲、手段強勢，卻又同時給員工大幅加薪、翻新老舊設備，K公司在穆若桔手下徹底改頭換面。

這時的K公司，也脫離了被M公司併吞的危機。

在這時候，鄧娟然也選擇辭去祕書一職。

「妳不需要我了，穆若桔。」

鄧娟然提出辭呈那天，外頭風和日麗。午後的陽光斜斜地照進辦公室內，她半身隱在陰影之中，似笑非笑地看著穆若桔。

穆若桔一口答應，並未挽留。

後來穆若桔才知道，「妳不需要我了」這六個字——並不是直述句，而是疑問句，但當時的穆若桔並沒有意識到這件事。

鄧婻然瞅著穆若桔，眼裡的情緒複雜難辨，她淡淡地說道：「不問我原因？」

穆若桔不置可否地彎彎唇角，任由鄧婻然這麼離開了。

對於鄧婻然，穆若桔不是沒有感覺到她的情感，鄧婻然也從未掩飾過這件事。

鄧婻然毫不掩飾對於穆若桔的侵略與占有，而穆若桔也未曾妥協過什麼。

持續了好一段時間，聽著鄧婻然要離開公司，穆若桔認為對方是想放棄了，所以她沒有什麼好說的。

可穆若桔並不知道，鄧婻然的驟然離開，與莊采芝有關。

「在我認為自己可以見莊采芝時，我才知道，莊采芝離世了。」穆若桔說。

裴聿睿瞅著穆若桔，關於莊采芝的死因為何，她問不出口，但穆若桔看出來了。

沉默半晌，穆若桔才開口接道：「是自殺。」

關於莊采芝的身故，是穆若桔偶然出席一場商業交流會時，無意間從旁人口裡聽說的。

直至今日穆若桔仍舊記得，那瞬間蔓延四肢百骸的冷意。

穆若桔不顧會議，奔出會場直撥電話給鄧婻然，在撥出無數通後，鄧婻然才接起。

「喂？」

「莊采芝呢！」穆若桔氣急敗壞地劈頭質問，「妳為什麼不告訴我——」

「我離職時，妳不也沒有問我為什麼嗎？」

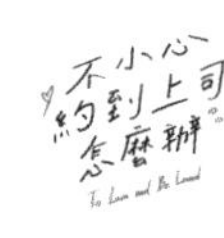

穆若桔咬了咬牙，隱忍怒氣急道：「這兩者能相提並論嗎？」

「是不能。」鄧婧然淡然應道，「但妳既然不問我理由，就是不關心我；既不關心我，我又為什麼要告訴妳？」

穆若桔心裡一震，啞然以對。

「我一直都有離職的念頭，妳不也沒有察覺到嗎？」鄧婧然輕笑幾聲，聲音漠然，「我提離職的那天早上，接到了莊采芝送急診的消息。穆總經理，如果妳當時多問我一句，我會好心帶上妳的。」

然而，穆若桔沒有問，鄧婧然便沒有說。

「現在我人不在臺灣，不用來找我了。等我回到臺灣，如果妳還想知道莊采芝的墓在哪，就來找我吧。」

電話掛上前，穆若桔又聽到悠悠一句話。

「妳知道我想要什麼的。」

話落，電話毫不留情地掛掉，徒留穆若桔站在那，久久未離。

經多方打聽後，穆若桔才知道，前往日本的莊采芝並沒有因此過上幸福快樂的日子。

莊采芝的一生所愛，不過是錯付。

當莊采芝放棄一切，隻身前往日本，卻換到男方的嫌棄。意外懷有身孕後，男方對家庭觀念淡薄，劈腿多次，常不歸家，甚至酒後有暴力傾向。

莊采芝卻咬牙撐著，認為是自己長年居住臺灣，太少陪伴男友，才會導致男友心裡不平衡。

她為他說了許多藉口、找了各種理由，想瞞過所有人，最後只欺騙了自己。

在莊采芝萌生放棄之意時，卻意外地懷上了孩子，是那男人的。莊采芝喜出望外，認為男人有了孩子就會改變。

可事實上，這不過是讓人變本加厲的藉口。

有了孩子，莊采芝也更加堅強。她認為這是自己所選擇的生活，除了這男人以外，她誰也不要。愈是鑽牛角尖，愈是走不出來，可走入死胡同中的人，是不會有自覺的。

婚姻、家庭與孩子，皆是莊采芝所嚮往的一切，其中，她最想要的，就是與男人有個孩子、有個屬於彼此的家。

童年的不幸令成年後的莊采芝對家庭有無限渴望，那是父親莊楚泰無法填滿的部分，也不是穆若桔傾盡所有便能給予的。

所以，當孩子意外流產時，拚命在迷宮中奔走的莊采芝，終於耗盡體力，墜入深淵。

不想要了。

什麼都不想要了。

這一次，她終於願意搭機返回臺灣，卻沒有聯繫任何人，獨自租車漫無目的地開著，最後自撞山崖，結束燦爛而短暫的一生。

「我總在想，如果當時沒有答應莊采芝，讓她成為了公司繼承人，那麼，她肯定還活著。」穆若桔說。

兩人離開涼亭，朝著莊采芝長眠之墓走去。

日暖風和，可裴聿睿卻覺得有些涼意自穆若桔的掌心傳來。

半晌，穆若桔停下，裴愈睿也跟著停下。隨著穆若桔的視線望去，定眼於墓碑上的碑文。

這是莊采芝的墓。

穆若桔凝視墓碑，後蹲下，伸手輕撫墓碑，神色哀戚。

在旁的裴聿睿安靜地陪伴著穆若桔，不發一語。她仰望湛藍的天空，感受徐風自頰邊拂過，微瞇起眼。

「……努力活下去吧。」

穆若桔停下動作，往旁一看，見到裴聿睿的側臉。半晌，裴聿睿收回視線，側頭迎上穆若桔有些茫然的目光。

「這是對亡者最基本的尊重，不是嗎？」

穆若桔低下眼，聽著裴聿睿用著淡然的、讓人感到心安的語氣繼續說道：「妳是她選擇的人，而回應這份期待最好的方式，就是好好活下去。」

裴聿睿不知道何謂對錯，她只知道，莊采芝必不會希望穆若桔悔恨一生。

穆若桔低應一聲，欲站起身時，聽到一旁的輕語。

「往後每一年，我都可以陪妳來看看。」裴聿睿說。

這是裴聿睿最大的溫柔，也是最深重的承諾。

穆若桔朝著裴聿睿伸出手，掌心向上，視線自下而上，仰頭凝視。站著的裴聿睿低下頭，沒多想地伸出手，放到了穆若桔的手心上。

穆若桔輕輕握住裴聿睿的手，一字一句鄭重說道——

「為了妳，我會活下去。」

ღ

對裴聿睿來說，人生有三件幸事：

第一，雖然名字中性，但被人喊聲「睿睿」似乎還是挺好聽的。

第二，此生有幸與青梅竹馬卓璟妍將多年疙瘩解開，心裡釋懷。

第三，幸好鼓起半生勇氣去約炮，才有機會約到那位擊敗上司。

……會這麼想才怪。

人在前往年末會班機上的裴聿睿，正一臉眼神死。

裴聿睿一臉厭世的原因，並不是因為乘坐廉航旅途不適，相反的，她們乘坐的是舒適的商務艙。

要命的是，這商務艙的服務太面面俱到了。

「賀喜兩位佳人新婚，祝福二位旅途愉快！」

一旁的空姐拿著紅酒走近，一面往高腳杯裡斟酒，一面向裴聿睿與穆若桔道賀，而她也得到了兩個截然不同的反應。

其中一位春風滿面，另一位厭世無比。

裴聿睿已經懶得解釋事情不是你各位想的那樣，她們根本沒結婚！也不是來度蜜月的！但是！有理說不清啊！

裴聿睿覺得頭好痛。

穆若桔愉悅地無視裴聿睿一臉鬱悶，拿起高腳杯一邊歡快道：「來，睿睿，嘗嘗看？」

「睿妳媽啦。」

嘴上如此，裴聿睿還是沒有錯過品嘗高級紅酒的機會，拿起盛著酒液的玻璃杯，讓穆若桔輕敲自己的杯緣。

裴聿睿不知道穆若桔到底是用什麼方式，讓全機的人都認為兩人是新婚！夫妻！度蜜月！說好的出公差呢！

裴聿睿內心很崩潰，但沒膽跳機，只好悶著喝酒。穆若桔自顧自感到愉悅，無視裴聿睿的各種抗議。

裴聿睿喝著酒，忽然想起一件事，便開口問道：「說到新婚，聽說穆大總經理當面被人求婚過？」

穆若桔微抬眉梢，也不慌張，意味深長地看著裴聿睿應道：「妳要是喜歡公開求婚，我現在就安排。」

「……」此生做過最糟糕的決定，是不是跟了穆若桔？

正當裴聿睿想著一百種掐死上司的方法時，聽到穆若桔輕笑幾聲，悠悠道：「我確實曾被公開求婚過，不過那只不過是場誤會，或許說，只是笑話。」

那種雞毛蒜皮的小事，對於穆若桔來說，實在不值得一提。

瞧裴聿睿有點興趣的樣子，穆若桔彎彎脣角，「就是某富二代自以為浪漫，以為公開求婚我會感動得痛哭流涕，沒想到只是給自己丟臉。」

裴聿睿哦了聲，這跟自己想像中的差不多。

「那麼，再問妳一件事。」穆若桔揚眉，眼神示意裴聿睿繼續說下去，「年末會……到底是做些什麼？」

穆若桔沉吟半晌，臉色正經了些，淡淡道：「有我在，不需要擔心。」

看來是跟傳聞中的相差不遠。裴聿睿沒有問下去，也因為穆若桔的簡單一句話，整顆心定了下來。

不過待下了飛機、抵達酒店後，裴聿睿就想跟穆若桔說一句——

「我不用擔心，但妳是該擔心晚上被我趕去睡走廊。」

媽的，王八蛋。

這是裴聿睿打開酒店房間，第一個冒出的想法。行政套房自然沒什麼、精緻內裝也是應該，但是……

「為什麼這床上灑滿玫瑰花瓣啊！」

裴聿睿崩潰地喊了這麼一句，萌生立刻打電話換房的衝動。

穆若桔泰然自若地環視房間，一邊滿意地說道：「嗯，挺好的，有照我的安排去做。」

「……」

所謂的「安排」，是床上灑滿玫瑰花瓣，床頭櫃上放著一瓶香檳，以及浴缸漂滿與床上無異的鮮豔花瓣。

儼然是來度蜜月似的。

裴聿睿走到窗邊想讓自己緩一下情緒，然而她發現，這大片窗戶旁有舒適躺椅——還是可供兩人一起躺的尺寸。

裴聿睿抹臉，餘光瞥見一旁牆上，居然有片長鏡。

「……」裴聿睿有不好的預感。

高樓層的窗邊、躺椅與鏡子，不妙，這個組合太不妙了。裴聿睿也忽然明白辦理入住時，櫃檯小姐為何貼心地說了一句話。

「這次為您安排的高樓層客房，對面是沒有住戶的，請安心入住。」

拜託，對面要有住戶，我最喜歡視野被高樓大廈給擋住了。

「睿睿呀。」

擊敗上司的聲音忽然從後靠近，下秒，裴聿睿被人從後擁入懷。

「妳喜歡這間房間嗎？」

裴聿睿翻個白眼，也沒說不喜歡，只是給了穆若枯一個厭世的表情自己體會。

穆若枯彎彎脣角，望著窗外的城景，似乎想起些什麼，忽地輕道：「那天，其實我挺緊張的。」

不知怎麼地，裴聿睿就是知道，穆若枯口中說的「那天」，是兩人第一次以「F」跟「J」身分出來見面的那晚。

裴聿睿這才想到，當初的自己太過衝擊，似乎從來沒有去想穆若枯是以什麼樣的心情來找自己的。

「我怕妳見到是我，就不要了。」

裴聿睿思忖了下，應道：「因為是妳，我才留下的。」

兩人心裡深處都是有些害怕的，只是恐懼的事物不同。穆若桔怕的，是裴聿睿知道是自己後便扭頭就走；裴聿睿怕的，是自己真要跟陌生人發生些什麼。

雖然對象是擊敗上司，確實令裴聿睿崩潰不已，但心裡深處，其實隱隱感到一絲心安。還好是自己認識的人——現在的裴聿睿大抵會將這話改成「還好是穆若桔」。不是別人，是穆若桔。

思及此，裴聿睿轉過身，面向穆若桔，略低下眼，很快地說道：「我把交友軟體卸載了，沒必要再安裝了。」

穆若桔微彎下腰，望進裴聿睿清澈的眼裡，笑道：「因為有我了？」

「……煩死了。」裴聿睿沒有否認。

穆若桔快速地往裴聿睿脣上親了下，在裴聿睿回過神前先一步退開，免得自己腰間受擰肉之災。

裴聿睿瞪了眼穆若桔，為避免自己隨時被撲倒在躺椅上的可能，她快速走向行李箱，給自己找點事做。

而當裴聿睿蹲下身，一打開行李箱時，想連夜返臺的衝動都有了。

「……給我解釋一下，這什麼？」

穆若桔慢悠悠地走到裴聿睿身邊，愉悅地看著裴聿睿手上的衣物，輕快道：「搭機前我有個大膽的想法。」

「……妳所謂的『大膽想法』，就是偷人家的制服嗎？」

「不只空姐制服，妳看看，還有醫師袍、警察服、學生制服——等等，妳要去哪？」

「……去報警。」

一人撲倒、一人反抗，最後一路滾到床上與躺椅上，整夜不曾消停。而在那堆衣物之下，有只戒指藏在下方。

那是這世界上，獨一無二的手工戒指。

在戒指裡邊，刻著歪斜的兩個英文字母：「F＆J」。

日子裡最盛大的浪漫，是生活中有彼此的名字。

而穆若桔沒有告訴裴聿睿，她最想為她穿上的，是一襲純白婚紗。

不過，來日方長。

她們還有一輩子可以蹉跎。

全文完

番外　冰山上司要我嫁

歷史總是驚人的相似——這句話套在裴聿睿身上是再適合不過了。

第一次坐上穆大總經理的副駕駛座，是因為鼓起勇氣去約炮，卻不小心約到上司，這行為跟把自己送入狼口並無二致。

再後來發生的種種，都證明了裴聿睿只要坐上穆總經理的副駕駛座，通常都沒好事。

例如，現在。

裴聿睿人在穆若桔的副駕駛座上，全身被不知從何處挖來的綁帶給束縛住。她一臉厭世地開口：「……妳可以再複述一遍，妳現在要做什麼嗎？」

穆若桔帶著墨鏡，歡快又理所當然地說道：「看不出來我在綁架妳嗎？」

「……」

心好累。

被人綁架領回家提親，裴聿睿覺得自己大概是第一人。

一般人對見對方父母這事，多少有些排斥，能處之泰然的人很少，然而穆大總經理卻是跟人家反著來，當然裴聿睿也是。

一個死活不想帶另一半回家，另一個拚命往人家老家衝，裴聿睿真不懂這操作。最看不明白的，是穆大總經理轎車後座堆滿了一大堆禮盒。

裴聿睿沒忍住地往後瞄一眼，立刻被穆若桔捕捉到，她自顧自地說：「我想得很周全，各個種類的禮盒都買來了，不怕挑不到喜歡的。」

裴聿睿默默收回視線，直視前方想著，自己是不是在作夢？如果真是作夢，那這一切的荒唐便能合理化。

然而，說是身處夢境實在太過牽強，畢竟這段路程太過熟悉、旁邊駕駛太過擊敗，自己身上的束縛感又難以忽視。

紅燈前，轎車停下，裴聿睿感覺到一旁的視線，一側頭便迎上穆總經理那邪淫的目光。

「要不是這是趟長途車程，我現在就想路邊停車上妳。」

「……」

裴聿睿第一次覺得自己眼光忒糟，誰不挑偏偏挑上穆若桔。別人覺得攀上總經理等同飛上枝頭變鳳凰，可對裴聿睿來說，是把自己推進火坑。

畢竟每天不得不與對方相處十幾小時，且穆總經理總假借職務之名，行猥瑣之實，裴聿睿是有苦難言。

「睿睿！這樣妳以後就是總經理夫人啦！」

記得兩人講明關係後，裴聿睿便找機會與符桑說了這事，不意外地得到好友滿滿的祝福。

而裴聿睿也不意外地雙手抱臂，擺著日常冰塊臉，淡淡回了一句：「不，對穆若桔而言，是變成能幹的祕書。」

符桑先是靜默，後一陣爆笑，完全不打算反駁。

別人談戀愛都是可可愛愛、甜甜蜜蜜，巴不得讓全世界都知道，就這對冰山冰塊奇奇怪怪、互懟互愛，哪時分手都不意外。

以上僅是裴聿睿的個人看法，不代表穆若桔的立場。

轎車駛進休息站，正當裴聿睿覺得自己可以大聲疾呼，招來警察把穆若桔抓走時，轎車停下，身上的束縛也跟著解了。

停妥車後，穆若桔上身前傾，輕巧地解開安全帶，手順勢摸了摸自家祕書的大腿，再滿意地捏揉幾把才罷休。

「……穆若桔，妳有病吧？」

穆若桔不置可否地微抬眉梢，忽然東翻西找，而裴聿睿選擇冷眼旁觀，就想看看這女人又要作什麼妖？

不過，論耐性肯定是穆若桔略勝一籌，翻了一陣子，裴聿睿沒忍住地開口：「妳到底在找什麼！」話落，一個手比愛心塞在眼前，堵得裴聿睿一時間說不出話。

「找愛心給妳。」穆若桔睇了睇眼，脣角隨之上揚幾分。

「……無聊。」裴聿睿翻個白眼，伸手扒了下穆若桔的手，轉身開門下車。

穆若桔可沒漏看，裴聿睿率性下車時，那微勾起的嘴角。

裴聿睿下車後，做了個深呼吸，想著車上總經理那掉人設的舉止，實在很想大吼：「擊敗上司妳給我把冰山人設披回去啊！」

無奈春節返鄉人潮洶湧，休息站內四處都是人，裴聿睿不禁想，到底為什麼我會在這裡呢……

這可能得從年末說起。

羅馬不是一天造成的，穆若桔的綁架大業也是。

在遇見裴聿睿前，穆若桔認為自己應該是「放牧式情人」，字面上的意思就是：基於信任的基礎上，能不管的便不管。

在穆若桔的想像中，自己談起戀愛應該相當瀟灑，並與另一半維持親密又保持些距離的關係。

然而和裴聿睿在一起後，穆若桔不知道被過去的自己打臉幾次。

「春節打算怎麼過？」

那是一個平凡無奇的午後，辦公室裡一對看似尋常的上司與下屬，閒聊著接下來的春節計畫。

裴聿睿一面喝著今日的第二杯咖啡，一面隨意應道：「不怎麼過。」

「妳不打算帶我回家一趟？」

「噗——」

饒是總在公司謹守嚴謹祕書形象的裴聿睿，也沒忍住地噴了口咖啡，再劇烈咳嗽幾聲，險些被咖啡給嗆死。

而罪魁禍首絲毫未覺愧疚，只是盯著自家小祕書瞧，一副理所當然的樣子，讓喘過氣來的裴聿睿瞬間無語。

「誰給妳這種想法的？」裴聿睿腦袋正在運轉，不明白這思路從何而來？

穆若桔臉不紅氣不喘地說道：「過年、回家、見父母——嗯，這邏輯通順。」

「不是……」裴聿睿擦拭桌面，一面道：「我們有到見父母的程度嗎？」

「我們沒有到見父母的程度嗎？」穆若桔反問，外加打量的邪淫視線，有些事情真是心照不宣。

裴聿睿覺得自己肯定是被咖啡給嗆暈了，才會傻到想跟穆若桔逞口舌之快。她要是講得贏穆若桔，還會天天想給上司蓋布袋嗎！

在那之後，兩人鮮少提起這話題，裴聿睿也將此當作笑話聽聽，根本沒往心裡去，就這麼安逸度日直到春節來臨。

現在想想，穆若桔大抵是從那時候就策劃了綁架大業，而裴聿睿竟渾然未覺，傻傻地走進陷阱。意識到這點，裴聿睿抬頭一看，便見到那名綁架犯越過重重人群，朝她走來。

大抵是陽光太過溫暖，抑或是微風太過宜人，才會讓裴聿睿在與穆若桔四目相交的瞬間，頓時覺得或許這樣也不壞。

當穆若桔站定到裴聿睿跟前，她微昂頭，迎上穆若桔的目光，見到對方薄唇微張，落下了一句話。

「妳說，下次用皮帶綁妳怎麼樣？」

「……」

裴聿睿覺得，還是報警抓人比較快。

ღ

「妳是認真的？」

隨著轎車駛離休息站，直開往裴聿睿老家去，她這才不得不相信，穆若桔似乎是真要闖入她家。

「我看起來像是開玩笑嗎？」穆若桔給裴聿睿一個自己體會的眼神，便繼續專心開車。

見狀，裴聿睿像是被人揍了一記悶拳般，無力癱在副駕駛座上，揉著發疼的太陽穴道：「我沒跟我爸媽出櫃……妳想嚇死他們嗎？」

穆若桔瞥副駕駛座一眼，平聲道：「誰說我要妳出櫃了？」

聞言，裴聿睿連忙坐直身子，皺眉看向穆若桔，「不然呢？」

「我自有辦法。」

完蛋了。

這是裴聿睿聽到這不負責任的發言時，心裡冒出的第一個想法。

倘若是在工作上，穆若桔的這句話其實挺讓人心安的，她是有幾分把握便說幾分話的人。可放到感情上，裴聿睿只覺得頭皮發麻。

自己父母自己最了解，兩老都是倔脾氣，裴聿睿實在不認為能有什麼辦法。倘若有，那麼裴聿睿就不會從未與父母談起自己的性向，直至今日。

把人綁架上車與接下來即將要面對的事，前者顯然簡單許多。當轎車終於開下匝道，駛進純樸的鄉鎮時，穆若桔主動開口。

「先陪我去旅館放行李，我再載妳回家。」

聞言，裴聿睿不可置信地看向穆若桔，揚聲道：「旅館？」

「不然呢？」瞧裴聿睿滿臉的訝異，穆若桔淡淡地說：「難不成要在妳家住下？」

原來穆若桔真的是有備而來。

該怎麼形容這一瞬間湧上心頭的複雜感受？裴聿睿轉頭望向車窗外，不自覺想起年過二五之後，父母年年催婚的模樣。

「睿睿啊，女孩子不需要這麼會工作，找個好人家嫁出去比較實際。」

「妳能工作一輩子嗎？不早點結婚生子，以後生不出來，老了誰養妳？」

「妳看妳整天忙工作，都沒有一個穩定的對象，這樣拖過三十歲怎麼辦？」

……其實裴聿睿都知道，父母只是擔心她，怕她以後一個人無依無靠，可每年這麼聽著還是覺得難受。

裴聿睿很想告訴父母，她自己過得很好。自從領了第一份薪水後，她便開始做退休規劃，對於逐年累積的資產早有妥善的配置，就是以防未來各種不可預知的意外。

裴聿睿從沒想過要依靠誰，早有了孑然一身的覺悟。

可這話怎麼跟父母說呢？

在父母眼中，惟有一男一女的結合才能稱得上是一個「家」，但這並不是裴聿睿想要的。

裴聿睿想著，就這麼一年拖過一年，總有一天父母會接受她單身的事實——

但現在有了穆若桔，怎麼辦？

感情中困難的從來不是相愛，是相處。對方到底是為妳遮風遮雨，還是帶來風雨？裴聿睿說不準。

只是，裴聿睿莫名的覺得，倘若那個人是穆若桔，似乎前者的可能性高一些。

「到了。」

聞聲，裴聿睿回過神，一間裝潢簡單的旅館映入眼簾。裴聿睿不禁看向穆若桔，心想這旅館可遠遠不及穆大總經理平日外住的等級。

穆若桔自然地下車，再繞到後車廂拿取行李。裴聿睿在旁看著微妙，不知道穆總經理多久沒有自己提過行李了。

然而穆若桔沒覺得哪裡不對，拉著兩個行李箱就往飯店大門走去。

「等等。」裴聿睿忍不住叫住她。

「嗯？」

「妳……」裴聿睿遲疑地看著飯店上下，視線落回穆若桔身上，「妳真要住這裡？」

「這裡離妳家近，何況有什麼不能住的理由嗎？」

或許在裴聿睿看來，穆若桔是「紆尊降貴」，但對穆若桔本人來說，其實這是挺稀鬆平常的事。

穆若桔想了下，落下一句「妳該看看我老家」便轉身走進旅館，直往櫃檯。

在後的裴聿睿先是愣了下，趕忙跟上去。

在穆若桔辦理入住的片刻，裴聿睿環視旅館四周，雖然裝潢簡單，但意外給人一種溫馨感。

過去穆若桔出差入住的飯店，多是由裴聿睿自行決定，愈高檔的酒店愈是上上之選，穆若桔也從未反映過什麼。

現在想想，其實穆若桔從未要求過要住高檔酒店，只是裴聿睿自己覺得，穆若桔就該如此。

可她沒想過，這到底是不是穆若桔想要的。

「我好了，上樓吧，房間在三樓。」穆若桔拿著鑰匙走近裴聿睿，瞧她若有所思的側臉，眉梢微抬，「怎麼？想跟我一起住？」

本以為會看到自家小祕書的冷眼，可沒想到卻見到一張神色複雜的面容。

真不知道小祕書的腦袋又在想些什麼了。

「……我老家跟這裡，或許，我會選這裡。」裴聿睿伸手拉過其中一個行李箱，低聲道：「畢竟妳在這。」

太喜歡一個人，肯定對心臟不好。不過是簡單一句話，穆若桔覺得胸口腫脹，心臟麻癢，讓她很想對小祕書做些什麼。

然而裴聿睿話語一扔，便提著行李箱上去三樓。穆若桔彎彎唇角，提著另一個行李箱跟著上樓。

有來這一趟，真是太好了。

ღ

關於回老家這件事，裴聿睿想過很多種情景，唯獨沒想過會在一打開家門時，見到如此陣仗。

「……這是有人要出嫁是不是？」

一張熟悉的紅色圓桌，滿桌豐盛菜餚，往年圍爐都沒見過這態勢，今年是怎麼回事？

「睿睿呀。」

一聲「睿睿」叫得親暱，可裴聿睿聽得很茫然。眼前一臉熱切的婦人，裴聿睿不認識，甚至不禁思索起自己走錯家門的可能性。

見裴聿睿一臉疑惑，那名婦人也不尷尬，熱情地上前握住裴聿睿的手說道：「忘記了嗎？妳小時候我還抱過妳，我是住在村頭那邊的姨婆啊！」

裴聿睿掛上營業用微笑，嘴上附和了幾句，腦海卻是一片空白。

這時她總算看到自家母親笑呵呵地從廚房走出來，端著一鍋佛跳牆一邊道：「睿啊，洗手吃飯了！」

裴聿睿趕緊溜到母親身邊，壓著聲音急問：「怎麼煮這麼多菜？我們家才幾個人，怎麼吃得完！」

「誰說只有我們家吃而已？」

瞧著母親意味深長的笑容，裴聿睿全身起雞皮疙瘩，立刻有非常不好的預感。

半晌，裴家的門應聲打開，裴聿睿轉頭一看，想逃家的念頭隨即湧上。

「……爸，你旁邊那位是？」

父親旁邊那位樣貌斯文的青年，她可不認識。

一瞬間，裴聿睿徹底明白這是怎麼回事了——大型相親現場啊！

意識到這點的裴聿睿，開始覺得頭疼。

看來這個新年很難熬了。

一張圓桌，坐了五個人。

面對滿桌菜餚，裴聿睿有些食不下嚥。

畢竟桌前多了一位村里公認最厲害的媒婆，以及等著被送作堆的斯文青年，被當成待宰羔羊的裴聿睿覺得人生好難，生為女生更難。

倘若今天她是男生，直至奔三年紀，或許父母只會說是自己眼光太高，是黃金單身漢。

怎麼換了性別，待遇便截然不同？

「睿睿呀，多吃一點，妳太瘦了。」媒婆給裴聿睿夾了菜，視線在青年與裴聿睿身上來回掃視，笑容可掬地對著青年說道：「但這並不代表你不會喜歡，對吧？」

聽出話語中的試探，青年尷尬地笑了笑，低頭繼續扒飯。

見狀，媒婆又熱切地對著裴聿睿說：「文勳是工程師，在科學園區上班，工作很穩定！薪水很高！」

總算要切入正題了嗎？裴聿睿暗自深吸口氣，露出尷尬又不失禮貌的微笑，本意是打發，但媒婆可能誤會了意思，說得越發起勁。

「我聽妳爸媽說，妳現在在當祕書，妳說，當人祕書有當人老婆穩定嗎？」

裴聿睿想到穆若桔，想她那工作狂的德行，是挺穩定的。

「大老闆肯定喜歡年輕貌美的祕書，等妳再過幾年，人家肯定找個理由把妳給開除，找別的年輕妹妹啦！」

裴聿睿倒是挺希望穆若桔是如此，那此時此刻她就可以甩門離開了，但是她不能做出任何失序行為。

桌下的雙手悄然握緊拳，裴聿睿收起了往常的凌厲，令在旁本捏著冷汗的裴家兩老隱隱安心幾分，也將期盼放到了青年身上。

兩人郎才女貌，看著就賞心悅目。青年長得白白淨淨，說話斯文、氣質溫和，跟裴愈睿那性子根本是互補。

預定女婿是愈看愈順眼，裴母主動地替青年夾菜，在腦海中描繪他和女兒日後結婚的模樣，歡快不已。

相比之下，青年的模樣顯得侷促許多。他本就不擅長拒絕人，何況是這種場面。他一面努力吃飯，一面觀察裴聿睿，注意到了桌下那緊緊攥住的雙手。

青年輕吁口氣，低頭安靜吃飯，等著熬過這頓晚餐。

飯後，身心俱疲的裴聿睿本想直接上樓躲回房間，不料父母要求她帶著青年四處轉轉，裴聿睿想著去外面透氣也好，難得順從了一回。

踏出家門後，裴聿睿的笑容瞬間垮下，換上平日在公司的冰塊臉。見狀，青年忍不住噗哧一笑。

裴聿睿瞥了他一眼，隱忍整晚的情緒隨時可能潰堤。

「抱歉，我可能……沒辦法跟妳有進一步的關係。」

裴聿睿微愣，腦海中想過無數的拒絕方式，卻怎麼也沒想到，是對方先退縮了。

青年見裴聿睿似乎誤會了意思，趕忙慌張地解釋：「並不是妳條件不好！是我的問題——呃，事實上還有別的因素，總之不是嫌棄的意思！」

裴聿睿回過神，微抬眉梢，本想直接與對方攤牌自己的情況，但見他欲言又止的模樣，於是將話吞了回去。

「你要跟我解釋一下嗎？」

青年本就有愧，聽到裴聿睿這麼說更感心虛，默了下，才低聲道：「其實……我有男友。」

裴聿睿愣住。

活在這世上，有誰是容易的呢？

看著青年苦澀又尷尬的笑容，裴聿睿心底那點憤懣消弭不少。

原來誰都不易。

在陌生人面前出櫃，對於青年來說顯然相當困難，在他打算直接轉身逃跑時，聽見裴聿睿的輕語。

「真巧，我也是。」

「啊？」青年怔怔地看著裴聿睿，一臉不可置信。相較於青年坦承時的窘迫，裴聿睿顯得泰然自若。

坦白相對後，彼此的話匣子彷彿打開了。兩人聊了許多，包括一路走來的無奈與顧忌。

「我男友其實是同意的。」青年望向裴聿睿，一臉誠懇，「他覺得，如果『煙霧彈』可以讓我在父母面前好過一點，那他願意。」

這一瞬間，裴聿睿想到穆若桔。

即便不用詢問穆若桔，裴聿睿也知道，穆若桔肯定會同意的。

可是，裴聿睿發現自己不願意。

倘若沒有穆若桔，裴聿睿想，自己肯定會一口答應青年，就此耳根清淨，繼續過上能拖一天是一天的生活。

但是現在她有了穆若桔——那個驕傲而自信的穆若桔，怎麼能受委屈？

她不該做出任何的妥協與退讓，那樣就不是穆若桔了。

所以，裴聿睿婉拒了青年誘人的提議。

「……很抱歉。」當青年坐上車搖下車窗時，裴聿睿誠摯地道了歉。

青年搖搖頭表示沒事，深深地看著裴聿睿說道：「妳應該，很愛妳的女朋友。」

一時間，裴聿睿有些語塞與茫然，她站直身子，目送青年驅車離去。

入夜後，氣溫降低，裴聿睿緩緩地吸口氣，再慢慢吐出。

「愛」到底是什麼呢？裴聿睿不知道，她只知道一件事——

她不想要穆若桔為了自己而委屈。

說到底，或許也只是自尊心氾濫……

裴聿睿兩手互搓取暖，轉身走回家裡。當她一回頭，便見到遠遠地有個人站在那。

那個身影，裴聿睿並不感到陌生。

是穆若桔。

裴聿睿不知道穆若桔為什麼會出現，在寒風中站了多久……她只知道，自己的心臟彷彿被人狠狠揪住。

她想要眼前的這個人，一直那麼美好。

忽地，穆若桔往前走了一步，朝著裴聿睿筆直向前，毫不猶豫。

寒風颳得她雙頰泛紅，可身體並不感覺冷。或許是心有所依，所以無論等候多久都不感到漫長。

兩旁路燈亮起，斜斜地照在兩人身上，將彼此身影拉得細長。隨著穆若桔的走近，兩人的影子挨得愈來愈近。

在距幾步之遙時，裴聿睿忽然揚聲道：「穆若桔，停下！」

穆若桔停下腳步，雙手隨意插在風衣口袋，靜靜凝視裴聿睿。不問理由、不用原因，她便會如此。

忽地，裴聿睿往前走。一步、兩步、三步……穆若桔那雙美麗沉黑的眼眸中，倒映著裴聿睿逐漸靠近的身影。

最後，兩人的倒影重疊在一塊，互不分開。

「我差點以為，妳要上那男人的車。」當裴聿睿站定在跟前時，穆若桔道。

裴聿睿微抬眉梢，「如果我上了呢？」

穆若桔不假思索地說：「那就把妳抓回來啊。」

裴聿睿笑了，默了下，又說：「不過，妳知道我不會上車的吧？」

穆若桔淡淡地嗯了聲，「跟我知道妳總會出來一樣。」

「還真是討人厭。」裴聿睿說。

討厭得讓人心安。

而那忽然抽出口袋，朝自己伸出的手，讓裴聿睿毫不猶豫地回握，冰冷的手隨即被拉進溫暖的口袋。

兩人在無人的鄉間道路上，朝著裴家緩步向前。途中，裴聿睿忽道：「那人是我相親對象。」

穆若桔是知道的，可裴聿睿並不知道。

更不記得自己那晚喝得爛醉後，對著穆若桔說出的那些話——

「我想要帶妳回家啊！」

在春節前夕的居酒屋裡，裴聿睿與穆若桔相對而坐，一人一瓶昂貴清酒。那晚不知為何，裴聿睿喝得比平常快上許多。

這樣容易醉的。穆若桔本想出聲提醒，可見裴聿睿目光迷濛，就知道為時已晚。

小祕書已經醉了，而她臉上有著難得的苦澀表情。

「我……真的好討厭過年。」裴聿睿閉了下眼，再睜開，像是看著穆若桔，又彷彿在想些什麼喃喃道：「真不懂小時候為什麼喜歡過年……哈，大概是會領到一堆紅包吧。我功課好，爸媽很開心，大人都誇我又聰明又會讀書……可是從什麼時候開始，就沒有人稱讚我了呢？」

穆若桔抿了下唇，伸手想觸碰裴聿睿，手卻先一步被握緊。

「為什麼長大之後，一切都變得那麼困難？變得那麼理所當然？」

裴聿睿的壓抑與悲傷，透過顫抖的雙手傳遞而來。穆若桔的手被捏得有些疼，可真正讓人難受的，是被狠狠揪住的胸口。

「在變成無聊的大人後，我好不容易喜歡上一個人，可我即便長大了，還是沒有辦法為妳做些什麼！我這次回家可能會被抓去相親啊……」

穆若桔站起身，走到裴聿睿身旁，一語不發地將人扛出店外帶上車。

在那一刻，穆若桔便決定要帶裴聿睿回家——不擇手段、不計代價，都要讓裴聿睿快快樂樂的。所以，她不會做出讓裴聿睿不開心的事。

「妳進去吧。」

兩人走到裴家門口，裡頭燈火通明，顯然在等外出的裴聿睿。

穆若桔先鬆開了手，指著門口說道：「早點睡。」

裴聿睿凝視著穆若桔，看著她迷人的面容以及美麗的眉眼，便知道以後大概再難遇到一個，能讓自己移不開目光的人。

在穆若桔的催促下，裴聿睿轉身走向家門，忽然意識到一件事。

——那這輩子豈不是都只有穆若桔了？

鑰匙插進鎖孔，裴聿睿緩緩轉開門。一推開門，便見到滿臉心切的父母。

裴聿睿關上門，薄唇微啟：「爸、媽，有個人我想介紹給你們認識。」

ღ

裴家客廳，坐了四個人。

外頭風和日麗，午後陽光相當暖和。應聲打開門時，便見到穆若桔披著一身淡淡的光而來。開門的是裴聿睿，愣住的人也是她。

穆若桔難得綁起高馬尾，化著淡妝，簡單雪紡長袖上衣與修身牛仔褲，看上去要比平常柔和許多。

裴聿睿差點把門甩上，想著是誰穿越到了穆若桔身上！

「哎，睿睿，讓客人站在門外多不好意思，趕緊請人進來！」裴母在後喊道，裴聿睿才回過神，讓出了道，讓穆若桔走進家門。

她這才注意到，穆若桔拉了一個行李箱。

「叔叔、阿姨，新年快樂。」穆若桔溫聲招呼，讓裴聿睿將行李箱給拉過去。裴聿睿沒管禮數，現場把行李箱給打開，頓時三人驚呼。

……原來在車上時，穆若桔不是開玩笑的。

「我不知道叔叔阿姨的喜好，所以都買了一些。」穆若桔淡淡地解釋，一點也沒覺得哪裡不對。

裴家兩老詫異地看著穆若桔，想著她出手這麼大方，到底是女兒的誰？兩人又是什麼關係？

他們看向裴聿睿，眼神滿是質問之意。裴聿睿想了下，拉著穆若桔走到沙發坐下。

四人坐定，裴聿睿開了口：「她是我的——」

「上司。」

穆若桔截斷了裴聿睿後邊的話，泰然自若地說：「我是聿睿的上司，也是K公司的總經理。這次冒昧前來，是平日聿睿在工作上幫了我許多，所以登門致謝。」

裴家兩老滿臉驚色，沒想到來人是裴聿睿的上司，還是最頂層的那一個。話落，兩人擺起了幾分敬意。

「哎，是我們不好意思，讓妳特意跑來一趟，真是太客氣了。」裴母一面為穆若桔倒茶，一面道：「那都是睿睿的工作，她做得好是應該的。」

「不，她是最好的那一個。」

穆若桔望向茶几對面的裴家父母，目光含笑，淡淡道：「不是理所當然的，所以我才很感謝。」

坐在旁邊的裴聿睿，忽然覺得鼻頭有些酸。

身為父母，聽到子女被外人讚賞，自然是高興的，可他們沒想過會收到如此誠摯的肯定。

那語氣彷彿是在說著，裴聿睿是這世上，最好的人。

「哎，妳過獎了，但很謝謝呀！」裴母是靜不下來的人，連忙開了話題，「總經理也覺得我們家睿睿條件好，那妳身邊有沒有合適的女婿人選啊？」

「媽……」裴聿睿無奈地喚了聲，絲毫不意外自家母親如此「把握機會」。彷彿把女兒推銷出去，是她的畢生所願似的。

一旁的裴父安靜喝著茶，若有所思地看著穆若桔。裴母本就是話多之人，碰上善於交際應酬的穆若桔，話匣子直接打開，嘮嘮叨叨地說了不少。

而對所謂的「女婿人選」，穆若桔僅是莞爾一笑，淡然道：「我所認識的裴聿睿，是可以把自己過得很好的人——當然，我也有把握把事業做好。」穆若桔頓了下，又說：「身邊的青年才俊，自然不少。」

後邊那句話頗有亡羊補牢之意，裴母沒有聽出來，可裴聿睿聽懂了。

裴父也是。

「孩子的爸，你覺得呢？」裴母大概說累了，話鋒轉向裴父，希望多拉一個戰友，早點為女兒找到好人家。

裴父放下茶杯，直盯著穆若桔，緩緩開口：「妳能保證，妳的公司、妳的事業，能一直維持下去嗎？」

穆若桔看著裴父，不假思索地說：「我沒有辦法保證。」

話落，三人皆是一愣。

「沒有永遠屹立不搖的企業，尤其我的事業版圖與其餘企業家相比，其實並不大。」

裴父皺眉，欲說些什麼，穆若桔繼續道：「但我能保證，裴聿睿——作為我的下屬、我的祕書，她的後生我會照顧。」

「我會照顧」四個字，穆若桔說得斬釘截鐵、毫不猶豫，裴父緊皺的眉心也舒緩開來。

裴家兩老有著迥然不同的反應。裴母是感動女兒的上司如此有擔當，懂得照顧員工，裴父則是沉默之後，開了口。

「聿睿。」

「嗯？」裴聿睿望向父親，見到他的視線在她與穆若桔身上打量，內心一涼，頓時如坐針氈。

當下句話落下時，裴聿睿心裡那根繃緊的弦，跟著鬆落。

「以後妳回家的時候，要是妳上司有空，就帶人家回來吃飯吧。」

送穆若桔走出家門時，時近黃昏，天色微暗。

兩人走到穆若桔的車旁時，裴聿睿出聲道：「今天，謝謝妳來。」

穆若桔伸手揉揉裴聿睿的髮頂，勾唇一笑，「自然不是免費的。」

裴聿睿翻個白眼。

穆若桔輕笑幾聲，放在髮頂上的手下移，在臉頰邊揉了揉，「妳爸媽還挺有趣的。」

見了這一面，她大概懂裴聿睿為何腦洞清奇，大概是因為裴家父母個性相差甚遠，才能養出這樣一個裴聿睿。

提起爸媽，裴聿睿默了下，才道：「下次，換我去妳家吧。」

穆若桔愣了下，欲開口，卻被裴聿睿打斷，「不是禮尚往來，是我也想見見妳爸媽。」

妳的家、妳的根，以及過去那些未能參與的，裴聿睿都想知道。

穆若桔彎彎唇角，趁著四周無人，快速地彎腰於裴聿睿頰邊一吻。

「只要妳想，當然好。」

對裴聿睿來說，這個春節似乎沒有那麼難熬了。她甚至覺得，或許未來的每一個春節，都是值得期待的。

只要有穆若桔在的話，一切都會沒問題的。

裴聿睿這麼相信著。

至於在春節尾聲，裴聿睿沒被上司載回市區，而是被載到旅社後，萌生出的各種悔意，那就是後話了。

番外完

後記

關於《不小心約到上司怎麼辦》，沒有一件事情在意料之內。

《不小心約到上司怎麼辦》的第一篇寫於二〇二〇年底，發表於我的個人社群上，本來是非常隨興的寫了第一篇，沒想到大家意外的喜歡，於是又寫了第二篇、第三篇、第四篇……就這麼於二〇二一年，正式在POPO站上連載。

如果寫作是一場旅程，那麼連載《不小心約到上司怎麼辦》的期間，肯定是一段驚喜連連的旅程。

無論大家喜歡裴聿睿還是穆若桔，身為作者的我都無比感謝，且同樣的喜愛這對冰山與冰塊。

能寫出自己喜歡的角色，被人所愛，是作者的所求之一。

在這次的故事中，我想寫一些與往常不太一樣的角色。我想寫冷系角色，但又不是那麼冷，於是在上司的冷系中加了一點無賴，然後，不小心失手加太多；再來在小祕書的冷系加了一點厭世，然後，又不小心失手加太多。

於是，最後所呈現的模樣，就是大家見到的如此。（嗯？

雖然這個故事很ㄎㄧㄤ、很奇怪，但我很喜歡，很高興大家也喜歡。寫《不小心約到上司怎麼辦》的這兩年，世界很特別。在疫情肆虐之下，其實我能做的事情非常有限。

但是，寫一篇故事陪伴你們，我還做得到。

大抵是因為如此，這次的故事調性沒有以往的悲傷與惆悵，我也在這一刻意識到——寫作這件事縱然孤獨，但絕非是孤身一人的事。

在架構《不小心約到上司怎麼辦》的過程中，是先有裴聿睿再有穆若桔。我私心很喜歡裴聿睿這個角色，是我過去似乎沒有寫過的「厭世感」主角。我覺得，一個人在職場上如果感到厭世與心累，那應該是有個擊敗上司。

穆若桔的設定，就是這麼簡單又粗暴，然後很多人喜歡她，身為親媽的我實在不懂。（？

不過就裴聿睿而言，穆若桔肯定是最適合她的那個人，畢竟奇葩就該配奇葩，兩人都奇奇怪怪，反而變成一件很正常的事。我必須老實說，裴聿睿與穆若桔，真的是我寫過最奇怪的CP了。

想想二〇一八年的《我把妳當閨密，妳卻只想上我》，我當時以為小蘇跟周祤已經夠奇怪了，沒想到我還能寫出更奇葩的CP，人真的不要小看自己的潛力。（等等

寫作真的是一件很有趣、讓人感到既開心又滿足的事情。

而我何其有幸，一路寫來如此幸運，受到許多人的幫助與照顧。謝謝將《不小心約到上司怎麼辦》付梓成書的城邦原創，謝謝這段期間辛苦的佑哥與責編，以及所有付出心力的編輯、行銷與通路。一本書之出版相當不易，所有人都是最偉大的。

最感謝的，還是一路陪伴我至今的你／妳們。謝謝你們喜歡我的文字與故事，你們讓我知道，無論今天我寫什麼故事、挑戰什麼題材，你們都會喜歡的。

因為如此，我才能無所畏懼地大步向前，寫自己喜歡的故事。

我覺得，在自己能力所及，一直表達支持與喜歡的人，才是真正閃閃發亮的人。

願看到這的你／妳，一生平安。

若有機會，期待與你／妳相逢於下本書中。

希澄

國家圖書館出版品預行編目資料

不小心約到上司怎麼辦 / 希澄作 . -- 初版 . -- 臺北市：
POPO 出版：家庭傳媒城邦分公司發行, 民 110.12
面； 公分 . -- (PO 小說；61)
ISBN 978-986-06540-4-2(平裝)

863.57 110018787

PO 小說 61

不小心約到上司怎麼辦

作　　者／希澄
企畫選書／簡尤莉
責任編輯／高郁涵、吳思佳
總 編 輯／劉皇佑
行銷業務／林政杰
版　　權／李婷雯

總 經 理／伍文翠
發 行 人／何飛鵬
法律顧問／元禾法律事務所　王子文律師
出　　版／城邦原創 POPO 出版　城邦原創股份有限公司
台北市中山區民生東路二段 141 號 6 樓
電話：(02) 2509-5506　傳真：(02) 2500-1933
POPO 原創市集網址：www.popo.tw　POPO 出版網址：publish.popo.tw
電子郵件信箱：pod_service@popo.tw
發　　行／英屬蓋曼群島商家庭傳媒股份有限公司城邦分公司
聯絡地址：台北市中山區民生東路二段 141 號 11 樓
書虫客服服務專線：(02) 25007718．(02) 25007719
24 小時傳真服務：(02) 25001990．(02) 25001991
服務時間：週一至週五 09:30-12:00．13:30-17:00
郵撥帳號：19863813　戶名：書虫股份有限公司
讀者服務信箱 email：service@readingclub.com.tw
城邦讀書花園網址：www.cite.com.tw
香港發行所／城邦（香港）出版集團有限公司
地址：香港灣仔駱克道 193 號東超商業中心 1 樓
email：hkcite@biznetvigator.com
電話：(852) 25086231　傳真：(852) 25789337
馬新發行所／城邦（馬新）出版集團 Cité(M)Sdn. Bhd.
41, Jalan Radin Anum, Bandar Baru Sri Petaling,
57000 Kuala Lumpur, Malaysia.
電話：(603) 90578822　傳真：(603) 90576622
email：cite@cite.com.my

封面設計／Gincy
印　　刷／漾格科技股份有限公司
經 銷 商／聯合發行股份有限公司
電話：(02) 2917-8022　傳真：(02) 2911-0053

□ 2021 年 (民 110) 12 月初版　Printed in Taiwan.

定價／ 300 元
 ISBN 978-986-06540-4-2